W0470727

Universale Economica Feltrinelli

PEPPE LANZETTA

INCENDIAMI LA VITA

Feltrinelli

© Giangiacomo Feltrinelli Editore Milano
Prima edizione nell'"Universale Economica" settembre 2007

ISBN 978-88-07-81989-6

www.feltrinelli.it
Libri in uscita, interviste, reading, commenti e percorsi di lettura. Aggiornamenti quotidiani

Ad Alberto Bevilacqua

...This is Major Tom to Ground Control
I'm stepping through the door
Tell my wife I love her very much
She knows...

DAVID BOWIE, *Space Oddity*

Ho conosciuto tante donne,
cattive oneste e senza età
a tutte ho dato un po' qualcosa
con tanta generosità
a lei, mia madre, i dispiaceri
mentre a mia moglie dei bambini
al primo amore i sentimenti,
i baci e l'acne giovanile...

STEFANO ROSSO, *Via della Scala*

Napoli rap

Vesuvius. Vesuvio. Andy Warhol a casa mia.

Fuoco, musica e lapilli su Torre del Greco e sul corallo, sullo sbando della litoranea e sui malandati gozzi incatramati.

E lasciano Portici ed Ercolano, Bellavista e Sangiorgio e vanno.

Vanno impasticcati nella sera, ignari di una pop art di periferia, stravaccati in una macchina che puzza di Blues Brothers, vanno.

In cerca di chalet e della salsedine di Mergellina, delle polacche dell'ultima ora e degli strani accoppiamenti che non lasciano respiri né lasciano sorrisi.

Vanno i nipoti di Pasolini alla ricerca di un sesso esagerato. E trovano i Rem.

Quello che resta dei Ramones mischiato con Merola e Raiss, con le posse e quello che resta del mare agitato di *Chi tene 'o mare.*

Vanno i nipoti di Frank Zappa in cerca di invenzioni. E delle loro madri.

E trovano la notte. Blu. Nera. Cinica. Umida. Muta. Indifferente.

La racchiudono in una lattina di birra, la accartocciano, se la fumano, la scaraventano, la osservano, se la ridono.

Hanno carie nei denti, hanno letto Hikmet e amato Annamaria. E Rita. E Gianna.

Sono stropicciati, un po' stanchi, hanno sonno. Non trovano lavoro.

Vesuvius. Lava arrabbiata, incazzata, su di loro, sui loro scavi, sui loro jeans presi a Resina, sui loro denti segnati, sui ritardi delle Circumvesuviane, sulla loro parte di Napoli che, passato Portici, Sangiovanni a Teduccio e Barra, lungo via Marina vede le gru del porto, sente l'odore di quest'altro mare, il rumore della città orientale e allora capisce d'essere arrivato. E si confonde. Si mischia. Si avvinghia.

Con gli scippatori di piazza Mercato e i pusher del Carmine, coi contrabbandieri di Santalucia e le mammecoraggio dei quartieri, con la musica di via Sansebastiano e coi ragazzi di Officina, coi locali del centro storico e la posteggia della Ferrovia.

Vanno. Si fanno. Di libanogiallo e pizzefritte di Port'Alba, di vinerie e creperie, di cantine fatte di vino di Solopaca e ristoranti colombiani. Vanno.

Hanno vent'anni, a volte trenta. Hanno visto Lisbona e a volte Barcellona. Amano Wenders e scrivono canzoni. Sanno di mare. Di sicuro sanno amare. Sanno di vento. A volte di fuoco. Li ho visti piangere in una triste sera di quartiere, attorno a un fuoco che non dava calore. Ma solo dolore. Poi rabbia e rancore.

Li ho visti avviarsi verso un corso fatto di luce gialloepatite. Riprendersi la città.

Non più baroni, sciacalli e padroni. Non più ladroni, cialtroni e papponi.

C'era la notte che si baciava col giorno, mentre un sassofono suonava *A night in Tunisia*.

Non c'era Charlie Parker. Qualcuno giura d'averlo visto. E d'avergli offerto pure un caffè.

C'era Patronigriffi che scendeva per Toledo insieme con Rosalinda Sprint e Viacolvento.

C'erano i Zezi e Sepe con le tammurriate, le gatte cenerentole insieme con i marines figli di una vecchia Nato, Shore Patrol incazzata con un bastone in mano, scovarli nella notte più infuocata, persi tra luride lenzuola di amori immaginari.

Li ho visti ridere e cantare su una spiaggia improvvisata, fra cozze seccate, reti ammonticchiate, baci, sorrisi, siringhe abbandonate.

Cantavano *Hey Jude* e *Ticket to ride, No woman no cry* e l'ombelico del mondo. Rappavano.

Qualcuno giura d'aver visto l'alba. E d'averci pure parlato. Qualcun altro s'è addormentato. Qualcuno giura d'aver sognato. Li ha svegliati il traffico, il rumore del nuovo giorno, i clacson impazziti. Sono tornati a casa. Chi a Portici, chi a Ercolano, chi a Ponticelli, chi a Secondigliano...

Pulp Fiction ad Aversa

Ciao Quentin, Tarantino d'amore. Ciao.

In questa anonima sera di novembre, che sia domenica o lunedì, anche se è sabato, corro corro, ho un appuntamento con te, coi tuoi fotogrammi, con la tua musica, col grande Travolta, altro che febbre del sabato sera, col poderoso Bruce Willis, con i tuoi tagli di luce, con le tue facce, i tuoi odi, le tue violenze, i tuoi amori.

Corro attraverso la via Olimpica che da Parete, cesso d'Italia, casertano perso, mi sta portando verso HollywoodAversa, Aversa del cinema Metropolitan e sai cosa bevi.

Aversa che mi sembra lontanissima, non arrivare mai eppure i cartelli dicono che la direzione è quella giusta. Mi lascio indietro pacchiani bar e ancora più pacchiani alberghi e ristoranti domenicali, motel che guardano a un'America lontana e impossibile e mi fanno velocemente compagnia manco sapessero dove sono diretto.

Diretto verso di te, verso la tua America di rapine ed eroine da sniffare, America visionaria, di pazzi, amanti, sciacalli, pusher, barboni, scannati, coatti, belledonne, soulmusic, nasitappati, otturati, consumati, bucati, sfondati, cazzotti, sangue, magie, torture e misteri. Ciao Quentin, grazie per avermi fatto vibrare. Anche se sono ad Aversa, di sabato, 6 del pomeriggio, solo in un cinema enorme, dove non avrai successo, cinema abituato ad altri sceriffi, pistole, gringos, trinità e sartana di antica memoria.

E quello che mi stacca il biglietto e mi chiede se sono solo mi guarda tutto storto e si domanda: "Che cazzo sarà venuto a fare da solo questo tipo strano ad Aversa, a vedere un film strano, pochissimi biglietti e non vediamo l'ora di smontarlo e mettere qualcosa di più commestibile, ruffiano, italico o abbordabile, da incassare, insomma".

Sono da solo nel cinema, enorme, vuoto, tutto per me.

Cambio posto, mi muovo, mi agito, fumo, accendo e spengo, mi prendo il ritmo della tua musica, te lo rimando, muovo i piedi, mi faccio catturare da quelle strepitose scene mozzafiato, cambio di nuovo posto, poi fila, poi settore, non debbo dar conto a nessuno, il cinema è tutto mio, e mio mi sembra il film, anzi mi sembra di poterci entrare, lì nel film, entrarci e uscirci a piacimento, ballare con uno e parlare con un altro, accarezzare Los Angeles my lady e dimenticare di stare in questa terra assurda e assassina, senza poter parlare con alcuno, a meno di non dire cazzate e stronzate ovvie e banali, in questa terra di mozzarelle e tutto tale e quale, giorno dopo giorno e cavalli e ippodromo e che cazzo vuoi da me Quentin che mi tenti, mi provochi, mi tocchi, mi fai muovere e agitare?

E dopo, quando sarò uscito di qua che faccio? Ammazzo pure io qualcuno, per sentirmi vivo? Con chi me la prendo poi? Magari con quello che m'ha staccato il biglietto e provo, tanto per dirne una, a staccargli la testa?

Calmati Quentin, ti prego sbaglia qualcosa, va nel banale, nell'ovvio, non mortificarmi più di tanto, non mi far sentire inutile e perso col mio sovrappeso di chili e di emozioni... E invece vai giù pesante che è una bellezza, tocchi, sfiori, scavi, prendi, rubi, mortifichi, danneggi, sconvolgi. Lo hai voluto tu, Quentin, dopo sarà colpa tua.

Sarà colpa tua se quando esco prendo su la macchina e a 180 all'ora vado a schiantarmi contro un palo di questa inutile strada che entra in Aversacity. O peggio ancora sull'Olimpica verso Parete o peggio ancora sulla strada per Teverola.

Morto per l'emozione e le vibrazioni straordinarie che gli ha suscitato *Pulp Fiction*, Palma d'oro a Cannes, straordinario film di Quentin Tarantino. Questi mi danno pure il resto, prendono la lupara, il fucile, mi prendono a calci anche da morto. Un film è un film, come fai a farglielo capire. Specialmente se non si sono nemmeno presi la briga di andarselo a vedere. Che gliene frega.

Sono uscito dal cinema.

Sono fuori dal tuo film. Mi manca l'aria. C'ho i crampi allo stomaco.

Non per il film, sia chiaro, perché già mi manca. Mi manchi tu.

Di fronte a me c'è una comitiva di stronzi che sta decidendo se entrare o meno al cinema. Mi guardano. Uno di loro mi chiede: "Com'è il film?".

"Fa cagare," gli dico io, dicendo una bugia abnorme. Ma fiero. "Hanno facce da coglioni, non ti meritano. Non meritano il tuo inizio, i tuoi colori, la tua follia."

"Allora andiamo a farci una pizza," suggerisce una santamariagoretti con gli occhiali.

"Forse è meglio," e guadagno velocemente l'uscita.

Come avrei voluto trovarli non nel cinema, ma fuori, sulla strada, magari sulle strisce pedonali e stenderli uno a uno, con occhiali o senza, con la maglia buona del sabato o con quella del mercoledì, con le mutande pulite o sporche. Stenderli. Con le loro facce da oratorio. Brufoli. Acne. Denti sporchi. Gengive sanguinanti. Assorbenti scadenti. Calzini consumati. Sporchi dentro e fuori. Pizza per voi, solo pizza, niente altro che pizza, questo meritate. E dovete pure aspettare per averla, perché è sabato e si sa che il sabato le pizzerie sono affollate e tocca aspettare.

Salgo in macchina, mi schiatto uno stereo a tuttovolume, cerco una musica che si adatti. Le radio del circondario fanno cagare. Voglio talk radio. Me la sogno. Becco qualcosa tipo soul chiudo gli occhi e parto. Accendo una cicca e mi faccio attraversare dal fumo, da esso mi faccio inondare. Ho ancora poco tempo per me. Non metto nessuno sotto. Non vado a schiantarmi in nessun palo o staccionata o guardrail o muro. Vado dritto, Quentin, col tuo film negli occhi e nella mente.

Vado a casa di stupida gente che sta stupidamente festeggiando un compleanno.

Non ho niente da dire, da dare, da aggiungere. Vorrei trucidarli tutti con le parole, con le emozioni che tu m'hai dato, con le sensazioni. È inutile, perderei solo tempo.

Vedo un cartoccio di pasticcini alla mandorla. Mi ci butto sopra e mi scolo un paio di bicchierini di volgarissimo amaretto, tanto per stonarmi un po'.

Esco e guardo l'umida e desolata campagna tutt'intorno, inspiro forte e sogno.

Ciao Quentin, grazie per avermi salvato la serata.

La moglie più bella

La mattina usciva di casa per accompagnare i due figli a scuola.

Uno alla seconda elementare, uno alla materna.

Corso Secondigliano, rumori e fumo di sigarette, frastuono e traffico incolonnato e scolonnato, casino, energia, rabbia di vita, rabbia d'impotenza.

Mariarosaria tornava a casa e un giorno uno, un giorno un altro, invitava uomini che incontrava per strada. Uomini che le piacevano, che la eccitavano, che si soffermavano magari con commentihard sul suo bel culo, sulle zizze, sul suo portamento da dea di periferia. Senza indugi lei se li portava in casa.

Marito uscito presto di casa, tornava alla sera alle 9 passate e lei nell'attesa scopava, faceva l'amore, si divertiva, faceva divertire, si lasciava sventrare, penetrare.

Ed erano semplici ragazzi del rione ben messi, asciutti, vigorosi, incontrati sotto il palazzo, nel caseggiato, fuori al rione oppure qualcuno incontrato nel bar o nella salumeria dove si fermava per la spesa.

Guai a chiamarla puttana, però.

Si faceva chiavare sul tavolo da cucina, sul cavalletto del ferro da stiro, nel cesso, sul bidè, nel suo letto ancora disfatto dagli umori della notte.

Amava essere amata, presa, posseduta.

Tutte le mattine dalle dieci a mezzogiorno.

Erano fiumi di sperma, di amore, di libidine.

A casa sua c'era l'aria della notte, tutto sottosopra, giocattoli dei bambini e cose dei grandi, ma soprattutto c'era un'aria di rassegnazione, di malinconia, come se la vita avesse già dato tutto e non ci fosse più niente da sperare, niente che potesse far vibrare, emozionare.

Bionda Mariarosaria, occhiverdi, bella, un po' volgare, bocca sempre dipinta, a volte d'inverno riceveva i suoi ospiti con la pelliccia di fintovisone e sotto nuda.

Nuda per piacere, per farsi desiderare di più, per imbarazzare i suoi amanti già ingrifati da quell'amore mattutino, che sapeva ancora di notte, di caffè e latte macchiato. Alla mezza andava a prendere i figli a scuola ed era una mamma accorta, premurosa, brava; e poi cucinava e faceva mangiare i bambini, poi li accudiva, rassettava la casa, faceva tutto quello che c'era da fare.

Ma la mattina dalle dieci a mezzogiorno doveva chiavare. Tutti i giorni.

Tranne la domenica che il marito era a casa.

Non accettava regali da nessuno, né prendeva soldi.

La mattina prima di uscire di casa se desiderava qualcuno dei suoi amanti gli telefonava e combinava l'incontro. Se no s'affidava al caso.

Mariarosaria si fidava. Il sesso per lei era la chiave per entrare ovunque, per volare sopra le paure della gente, sulle meschinità, sulle piccinerie, sulle cattiverie.

Non pensava al male, non pensava che poteva essere derubata, minacciata, massacrata. Lei si fidava e scopava.

Una mattina di finenovembre, una bella mattina di un sabato soleggiato dopo una settimana di pioggia e alluvione, nel bar dove lei solitamente comprava il latte, si fermò a guardare con piacere un uomo ben vestito, elegante, coi baffetti curati, brizzolato, ben messo, di età sotto i quaranta, un tipo col quale avrebbe diviso la mattinata e il letto. Gli si avvicinò chiedendogli se avesse da accendere, guardando prepotentemente tra le sue gambe. L'uomo tirò fuori l'accendino e, vedendo che lei era impegnata a guardare altrove, disse: "Signora, ecco il fuoco".

Lei, sempre guardando tra le gambe, accese la sigaretta e disse: "Spero che non sia solo questo il suo fuoco".

"Ha già preso il caffè?" chiese l'uomo.

"Quello del bar mi fa nausea," rispose lei, "a casa io lo preparo molto meglio, se vuole glielo offro molto volentieri."

Il tipo accettò regalandole un sorriso di complicità.

Uscirono un po' distaccati. L'uomo era eccitatissimo e con l'impermeabile cercò di coprire le sue parti vistosamente ingombranti. Seguì la 126 di Mariarosaria e senza aggiungere altro si trovò sotto il portone di lei. Salirono le scale di corsa, affannati per il desiderio di scoprirsi, di toccarsi, di entrare l'uno dentro l'altra, conoscersi, esplorarsi, misurarsi. Lei era umida vogliosa bagnata, non riusciva ad aprire la porta. Non le era mai successo. Appena furono entrati lei poggiò a terra la borsa con le cose della spesa e, adagiando l'uomo sulla porta dal di dentro, cominciò a baciargli i pantaloni all'altezza del cazzo, baci e piccoli morsi e poi ancora baci, sniffando il suo odore, matta, fatta, cotta. Gli sbottonò la cerniera coi denti, senza usare le mani, poi appena intravide e capì che aveva azzeccato la mattinata, usò subito le mani come palemeccaniche per accelerare, sgombrare ciò che le interessava da pantaloni, calzini, slip e altro. All'uomo sembrava di sognare, volare. Era in un bar per un misero caffè e ora si trovava al cospetto di una ninfa che lo aveva portato al massimo dell'eccitazione e stava là a divorare quell'uccello predatore, insaziabile, a volte falco a volte aquila. Mariarosaria usava la lingua in modo impeccabile e per essere all'altezza della sua preda rischiò pure di strafare, di non controllarsi.

L'uomo capì che lei era pazza del suo cazzo e mentre lei glielo succhiava lui sadicamente glielo estraeva dalle labbra poi glielo rimetteva poi glielo riestraeva, facendola esplodere di desiderio, rabbia, piacere e libidine.

Quando lui la inondò lei avidamente ripeteva: "Non ti lascio andare più via, ora che t'ho trovato non ti lascio scappare".

Si fece scopare in cucina, in camera da letto, sul mobile del salotto, sul cesso e sotto la doccia. Quando l'uomo fu esausto lei, leonessa indomita, lo guardò e disse: "Sei Dio".

Lui raccattò le sue cose, e vestitosi alla svelta senza dire una sola parola uscì sbattendo la porta, dopo averle regalato un altro sorriso.

Lei rimase sul letto tutta aperta, sconfitta, lacerata, piena di lui, dentro e fuori, letto distrutto, persiane chiuse, indumenti sparsi per terra, poca aria nella stanza.

Rimase a fissare il vuoto, accese una sigaretta, si fece sopraffare dal fumo, poi dalla tosse, la spense, si alzò e andò alla finestra a vedere l'uomo che s'allontanava scomparendo fra baracche, rumori, tricicli, macchine, bambini, caos e sapeva di non rivederlo più, di non ritrovarlo anche se lo avesse cercato di notte e di giorno.

Poi si soffermò a guardare il quadro della Madonna di Loreto sul letto e poi pianpiano passò in rassegna gli oggetti della sua camera da letto, oggetti capaci di mantenere un segreto, cento segreti, mille segreti. Segreti d'amore, di sesso, sporchi, porchi, luridi, perversi, segreti laidi, umorali, eiaculatori, segreti di piaceri, di corpi fatti vibrare. Quegli oggetti erano là e non avrebbero parlato eppure avevano visto.

Si buttò sotto la doccia, si vestì e andò a prendere i bambini a scuola.

Affanculo il matrimonio, pensò, affanculo le sue regole, i diritti e i doveri, io sono l'uomo e tu la donna, io dico, io faccio, io preparo... e i calzini e le camicie e il bagno, il caldobagno, i bambini a scuola, il latte, la colazione, i panni da stendere, la lavatrice, le tende, gli asciugamani, il condominio, i suoceri, i parenti, i fratelli, i cugini, le domeniche di noia, venite voi da noi poi domenica prossima verremo noi da voi... affanculo voi e i vostri babà, cassate, sfogliate, tiramisù, cannoli, il caffè più buono, il supermercato tre per due.

Affanculo l'ipocrisia, la falsità del matrimonio, quel fingere di stare bene, di stare in armonia, di essere appagati e non desiderare nient'altro.

Desiderodesidero, pensò Mariarosaria, desidero e prendo, in barba ai vostri luridi commenti e alle chiacchiere da bar. Desidero e voglio, tocco, palpo, prendo, succhio, trattengo, ingoio, metabolizzo, sniffo, mi nutro, gioisco, esplodo, grido, non appassisco, non ammuffisco, non ingrasso, non faccio diete, non mi mantengo, non mi reprimo, vedo il sole se c'è il sole, se c'è la pioggia vedo il sole, nella vostra nebbia vedo il sole e quando di notte voi dormite dopo aver spento il riscaldamento, controllato la caldaia, lo scaldabagno, le fontane, dato la pappa ai pesciolini e al gatto, rimboccato le coperte ai pupi, io vedo il sole. Lo tocco ma non mi brucio, lo accarezzo ma non mi ustiono, ci vado dentro e non mi lacero. Sole, non prenderti i miei anni migliori, non darmi rughe da camuffare con creme superelaborate e costose, non prenderti la voglia che ho di essere me stessa, sempre, di notte e di giorno, ma specialmente ora, ora che t'invoco, t'imploro, ti parlo, ti domando, ti chiedo conforto. Fammi essere sempre come sono, fammi scansare le sabbiemobili della mediocrità, della falsità, dell'ipocrisia e dell'indifferenza. Fammi godere, sole, fammi volare, fammi vibrare e quando vedrai che aprirò le cosce tanto per aprirle, quando vedrai che mi girerò dall'altra parte pensando a un altro uomo e non a quello che ho vicino, quando capirai che non vedo l'ora di finire per non sopportare più addosso quel peso morto e senza musica, senza tempo e senza ritmo, allora bruciami, sole mio...

Mise con cura il cappotto e la sciarpa ai due bambini e prendendoli per mano si tuffò nel traffico e nel rumore, scomparendo fra migliaia di facce indaffarate, sconsolate, arrampicate alla vita come fosse un luna park...

Ciao Bill

Rudy non ce la faceva più.

I suoi compagni di bar per spezzare la noia ormai aspettavano i mondiali: formazioni, squadre, squadroni, rigori, rigoristi, Baggio, Bebeto, Romario. E lui?

Era diventato triste, non riusciva più a ridere per le cazzate e le cose da niente, buttava giù caffè e sigarette, si lasciava tramortire dalle parole degli altri e dal caldo asfissiante della Napoli sconquassata e scassata dai lavori per il G7.

Rudy terzamedia, cuore grande, tazzine lavate nel bar per anni e anni, caffè caffè brandy e cappuccini ora non ne poteva più.

Rudy sognava.

Sognava e giocava a carte, sognava e se ne andava al cinema, filmfilm a volontà e l'attimo fuggente s'era fermato nella sua mente e Rudy aveva pianto pensando a Renato che non c'era più, il suo compagno juventino, compagno di sempre, compagno di tutto, dei film porno all'Eden o all'Argo, delle prime gite, manifestazioni, scioperi, risate. E poi Renato non c'era più.

Una corda troppo stretta, senza una parola e amen Renato, "almeno mi davi un segno, un ciao, mi facevi capire qualcosa, niente".

Rudy occhigonfidilacrime da allora non era più Rudy.

Non volle più lavare tazzine e stupidi bicchieri alle 7 di mattina.

RUDY SOGNAVA.

Ma i discorsi attorno a lui lo ributtavano giù, e le facce attorno a lui lo ricacciavano giù, e il caldo impietoso della canicola estiva squagliava i suoi sogni e lo ributtava sull'asfalto rovente di quel crocevia dove non succedeva niente, solo squallore e desolazione, eroina a buon mercato in attesa dei mondiali che li avrebbero fatti sentire tutti italiani, tanto italiani, pure loro italiani.

E i sorrisi a 32 denti dei candidati di Forzaitalia dai muri scrostati diffondevano tutt'intorno ancora più tristezza e più malinconia.

Rudy di Rifondazione, Rudy che aveva pianto nella lunga notte delle elezioni, Rudy ora non si ritrovava più. E sognava.

E Rita la sua ragazza non gli diceva niente, aspettava, aspettava che Rudy si sistemasse. Rudy tanti concorsi, Rudy tante speranze, Rudy dietro ai politici venuti nel quartiere a prendere i voti e a dire fare promettere lavoro.

Rita baby-sitter, arrangiava quanto poteva. Però la sera era tutta per Rudy, per parlare, far l'amore, per sperare.

"Non sopporto più mio padre, non sopporto più quel gelo che scende quando ci mettiamo a tavola e lui mi guarda sottocchio e poi fa finta di guardare la tele ma mi guarda e mi vorrebbe ammonire per come sto, fermo ad aspettare, in attesa di eventi.

"Vorrei gridargli che la vita non è solo un piatto di maccheroni e la carne e i maccheroni e la carne e i maccheroni.

"Cazzo di padre che ti voglio pure bene, che cazzo m'hai dato se a dieci anni già lavavo le tazzine? E ora mi guardi cupo e tutte le risposte ai tuoi perché le vorresti magari da me?!? Lasciami in pace, pa', lasciami andare.

"Guarda che gelo su questa tavola eppure guarda fuori l'asfalto come bolle. Eccola la vita, pa', questo l'ho capito, non sta mai da un lato solo, gelo e asfalto bollente.

"Cazzo sei pure invecchiato, pa', a botte di film carne e maccheroni, silenzi, vinofreddo e poi e poi..."

Era un giovedì sbagliato di giugno, tirava vento e le nuvole facevano a gara per nascondere il sole.

Rudy s'alzò da tavola appena mangiato il primo, telefonò a Rita e se ne andarono su una spiaggia, lato Ischitella.

Spiaggia deserta, qualche sdraio buttata per terra, dei pescatori occasionali che tiravano una rete vuota e loro due stesi per terra, lei tra le gambe di lui che da dietro la stringeva quasi per non farsela portare via, dal tempo, dagli eventi, dal mare, da quel fastidioso e inutile vento.

Rita non s'abbatteva, dava coraggio, vedraivedrai, guardava il mare protetta dal suo amore, dal suo ragazzone, dal suo Rudy che avrebbe buttato giù montagne ma si stava squagliando sopraffatto da quella stupida vita di cui non riusciva a trovare la combinazione. Eppure Rudy non avrebbe voluto infierire su Rita, sapendo che pure lei a casa sua aveva problemi: di affollamento, di soldi, di spazi, di lavoro. Eppure Rita sorrideva, si lasciava proteggere da Rudy e lo proteggeva.

Aveva ancora pochi risparmi da parte, Rita, poi più niente.

E c'era l'estate di mezzo. La loro voglia di Portogallo, Portogallo diventato poi Sicilia, poi Puglia, poi stiamo qua, andare e tornare, è meglio non sprecarli 'sti quattrosoldi.

Fecero l'amore su quell'arenile incrostato di malinconia e cozze invecchiate, poi se ne andarono sul lago d'Averno, un panino, una birra, due Marlboro.

Poi Rudy andò a telefonare:

"Paolo, ci ho ripensato, per quella cosa conta pure su di me. Vengo stasera a casa tua, ne parliamo da vicino".

Paolo, detto René per la sua rassomiglianza col mitico Vallanzasca, insieme a Marcello e Gaetano aveva organizzato una rapina a una banca di via Manzoni, Napolibene. Mancava il quarto, l'autista. E Rudy guidava da dio.

Prima aveva detto di sì, poi ci aveva ripensato. Fino alla telefonata.

Quella sera a casa di Paolo ai Camaldoli misero a punto il piano.

Niente di particolarmente difficile o complicato. Paolo era un veterano, gli altri due se la cavavano. Rudy era solo un gran pilota e non aveva mai partecipato a una rapina.

"Devi stare calmo... calmo... non ti devi preoccupare di niente, ci vedremo tutto noi... Ok?... calmo... Quando scendiamo dalla macchina tu rilassati, chiudi gli occhi per un lungo attimo, non ci pensare, poi vedrai che sarà tutto finito, un colpo all'acceleratore e via... chiaramente col formaggio in tasca... calmo... calmo."

L'appuntamento era per il giovedì alle 8 e 30, Vomero, piazza Medaglie d'oro.

Rudy aveva il mercoledì per sé, per Rita, per festeggiare il compleanno di lei, per rilassarsi, per non pensare. Ma fu un incubo. Strano cupo abbattuto triste e pensieroso. E Rita non sapeva niente, spense le ventiquattro candeline abbracciando il suo Rudy, aveva occhi solo per lui.

"Dai, non ci pensare, può darsi che l'anno prossimo a quest'ora staremo meglio, si sarà tutto sistemato, dai Rudy, abbracciami..."

Quella mattina fu il primo ad arrivare a piazza Medaglie d'oro. Con l'emozione di un bambino il primo giorno di scuola.

Indossava un jeans e una polo azzurromare.

E ancora le parole di Paolo nella mente: calmo, calmo, sarà un gioco.

La macchina l'aveva procurata direttamente il Vallanzasca di periferia, una Lancia Delta integrale rubata a Roma a cui aveva cambiato le targhe. Prese un cornetto e un cappuccino che pesavano come un macigno sul suo stomaco tirato e nervoso.

"Sei nervoso eh?" disse Paolo vedendolo.

E lui: "C'hai da accendere?".

E accese la quinta sigaretta alle 8 e 30 di mattina.

Paolo diede le ultime disposizioni e invitò tutti alla calma.

Ancora poco e avrebbero intascato un bel pacco di soldi. Ancora poco.

A casa sua Rudy aveva detto che andava al collocamento a timbrare.

Lo stesso aveva detto a Rita. Rudy sognava.

Anche quella mattina.

Rudy che fino a quella mattina era stato tutto sogni e tazzine, brandy e cappuccini e Rita e progetti e l'amore l'amore e i grandi affanculo meglio riderci sopra.

Arrivarono alla banca e i tre schizzarono via come saette.

Rudy motore acceso sigaretta velenosa in bocca sguardo fisso sul retrovisore poi avanti verso la banca poi avanti poi retrovisore, sigaretta che a momenti se la ingoiava. E quegli attimi sembravano un'eternità. Cosa cazzo succede? Perché non arrivano? E se li hanno ammazzati? E se li hanno presi? E se è un trucco per intrappolarmi?

In un attimo ripensò ai fratelli, a quelli di Rita, a suo padre, a sua madre, ai clienti al bar; e immaginava che ognuno di loro gli dicesse: "Rudy, cosa cazzo ci fai lì? Ma perché non ne parlavi con me? Vedevamo cosa fare, una sistemazione l'avremmo trovata, c'ho un amico al posto giusto... era il caso di fare quello che stai facendo?".

Non s'accorse che aveva una pistola puntata alla tempia, due volanti della polizia dietro di lui e altre stavano arrivando a sirene spiegate.

C'era stata una soffiata, i tre furono bloccati nella banca perciò a Rudy gli attimi sembravano eternità.

"Alza le mani... Alza le mani... Alza le mani..." gli ripeteva il poliziotto.

Lui ebbe il tempo di guardarlo negli occhi, fissarlo, scrutarlo, odiarlo.

"NOOOOOOOOOO!"

Un lungogrido, lungo e bestiale, disumano, gelò il poliziotto, che più giovane, inesperto, impaurito gridò pure lui: "NOOOOOOOOOO!" mentre faceva partire il colpo che gli fracassò le meningi.

Rita apprese la notizia dalla radio. Stava lavando i pavimenti e cantava.

Scalza scese giù in strada e s'accorse che il mondo non poteva sapere quanto lei amasse Rudy, Rudy che ora non c'era più, così, all'improvviso, radio, notizia, pavimenti, piediscalzi, mondoaspettami, sto scendendo, mondo cazzo fai, tu giri lo stesso? Anche senza Rudy?

S'accovacciò giù sulle scale singhiozzando.

Rimase lì stordita e inebetita per delle ore, fino a quando qualcuno l'aiutò a salire in casa. Che poi non fu più casa sua, ciao Rita, qualcosa nella tua testa s'è messo a girare all'incontrario, i medici lo chiamano in un modo, la gente in un altro, tu sola sai che cazzo è andato nella tua mente, all'improvviso, coi piedi scalzi, col secchio d'acqua tra le mani e una stupida radio per compagnia.

Il giorno dopo il bar di Rudy, il bar delle tazzine, rimase chiuso.

Poi la vita riprese, stordita dal caldo, dall'indifferenza, dall'apatia e dai risultati di USA '94.

A Napoli stavano per arrivare i 7 Grandi.

E dire che Rudy sognava.

Sognava d'incontrare Clinton e stringergli la mano: "Ciao Bill, hai visto Napoli com'è bella? Ma c'è un'altra Napoli che non ti faranno vedere, forse perché offende, è scassata, disperata, insofferente, allucinata, è messa male dentro e fuori. C'è troppo sole quando c'è e ci sono i cieligrigi che affogano pensieri.

"Ciao Bill, sognavo un lavoro, per veder ridere Rita, ho lavato tazzine e fatto cappuccini, sognavo un lavoro per non sopportare più mio padre, per avere qualcosa da fare quando s'alza il vento e ci manda polvere negli occhi.

"Ciao Bill, sognavo un lavoro.

"Sono morto in una rapina alle 9 di mattina".

Mi voleva la Sampdoria

a Raffaele Damiano

Mi voleva la Sampdoria. E sono morto.

Mi voleva la Sampdoria. E ora mia madre si dispera.

Nel gelo e nel vento del mio paese del Sud.

Zenga, non mi vedrai. E nemmeno tu Roberto Mancini.

E ho lasciato le mie cose nel college genovese.

E i miei compagni che m'aspettano. Cazzo, tutto per colpa di quella ginocchiata.

E chi glielo dice a mio padre. Mi voleva campione.

Ciao pa', lo so che non ti sembrava vero.

Dalla polvere del freddo campetto di paese dritto dritto sotto la lanterna.

Il mio allenatore è sempre stato fiero di me. "Diventerai un campione, vedrai."

Mi voleva la Sampdoria. E mio padre m'ha accompagnato a Genova.

È stato il viaggio più bello della mia vita.

Polverepolvere, docce che non funzionano e quando funzionano mandano acquafredda per calda. E noi tutti a ridere. E a fare a gara a chi ce l'ha più lungo sotto la doccia. E poi con gli occhi rossi di felicità continuare a scherzare uscendo dal campetto dove tre volte la settimana andiamo ad allenarci.

Ormai faccio questo da tre anni. Ne avevo 11.

Per studiare studio, ma lo sento, lo so che dentro di me ci sarà il pallone.

Ne parlano tutti al paese. Centravanti di Dio.

E quella domenica che è venuto l'osservatore dal Nord mi tremavano le gambe.

È durato non più di cinque minuti. Era una splendida domenica di sole.

E un destro di fuoco ha sciolto i miei timori. E mentre la palla andava in rete ho guardato gli occhi di mio padre. Era la mia giornata. E anche la sua.

Polverepolvere, vento: "Non ti abbattere campione se oggi non hai segnato. Non devi mollare, non voglio mai vederti piangere, intesi?".

"Ok, pa'... ogni tanto capita una giornata storta. Che dici, pa', l'osservatore mi chiamerà? Quella domenica ho giocato bene, dai..."

"E anche se non ti dovesse chiamare... chi se ne frega... tu continua così..."

Una ginocchiata involontaria da un compagno. E poi il buio. All'ospedale di Genova hanno detto niente di grave, anzi niente di preoccupante.

Anzi niente di niente. E dopo qualche giorno ficcato nel treno GenovaNapoli sono tornato a casa. Da solo. Niente, pa', una ginocchiata.

Vomito, pa', non è niente, hanno detto i medici, una semplice ginocchiata.

M'hanno fatto pure la eco, pa'. Niente, pa', a Genova i medici sono bravi.

È natale, pa', passerà. Se no quelli poi non mi chiamano più.

Pa' t'accontento e vengo con te in ospedale, ma io sono un campione, l'ha detto pure il mio allenatore. Il Parma e la Roma, pa', si sono già interessate a me.

Perché pa' m'hanno tolto la milza? Io sono un campione, come faccio a correre senza milza? Che cos'è la milza, pa'? Se non serve, perché ce l'abbiamo? Hanno detto una semplice ginocchiata all'addome, pa', è passato, sono venuto pure in treno da solo, se ero grave mi tenevano a Genova, vero pa'?

Quando torno a Genova prima segno cinque sei gol e poi glielo vado a dire a quei medici che non mi dovevano far tornare da solo. Non sono ancora un campionecampione di quelli di serie A, ma ci arriverò, mica mi possono trattare così...

Polverepolvere e acqua a catinelle e quante volte ci siamo pure allenati sotto la pioggia.

Fortunatamente la domenica non ha piovuto quasi mai.

E sotto il sole i miei gol erano tutti più belli.

Un gol per mia madre. Per il ragù della domenica e le polpette.

Un gol per te, pa', per i tuoi occhi accesi e tifosi.

Un gol per quelli del paese che ti dicevano che ero un campione.

Ma tu lo hai sempre saputo.

Un gol per l'osservatore del Nord. Anzi, cinque per lui. Uno dietro l'altro. Una mitraglia.

E pensare che all'inizio mi tremavano le gambe.

"Vi faremo sapere," disse mentre andava via.

E dopo due mesi arrivò la telefonata della felicità. Mi voleva la Sampdoria.

Lasciavo la polverepolvere del mio campetto senz'erba e senza niente.

E mi pagarono pure l'aereo. A me e a te, pa'. Come sono felice. E com'è bella Genova, che l'aereo sembra che atterri a mare. Reggiti forte, pa', stiamo volando.

Perché mi cambiano d'ospedale, pa'? Perché i polmoni, pa'? È stata una ginocchiata, t'ho detto... Allora non mi credi?

E il torace? Perché? E la trachea? Pa', che cazzo sta succedendo?

Falli sbrigare che i compagni miei m'aspettano, rivogliono i miei gol, m'hanno pure scritto, tiè, leggi...

Pa', è stato su un calcio d'angolo, so' andato a coprire la mia porta... perché mi portano nove volte in una sala operatoria?

Pa', fatti valere, non vale, io sono forte, lo sono sempre stato. E tu lo sai.

Ho cambiato cinque ospedali tra Genova e Napoli e nessuno ha fatto gol.

Non ti fermare, pa', non ti arrendere. Io voglio segnare.

Mamma vado a Genova. Mi vuole la Sampdoria. Evviva, evviva. Oggi dobbiamo festeggiare. Paste e spumante. Invitiamo pure quelli del palazzo.

Ciro, vado a Genova. Auguri. Antonio, lo sai... mio figlio è stato chiamato dalla Sampdoria, va a giocare nei giovanissimi... Sfonderà... Entrate, paste e spumante.

Mamma, vatti a sistemare un po' i capelli, oggi è festa.

Polverepolvere, ciao scalcinato campo che ti sei preso il mio sudore e i miei gol, le sgridate dell'allenatore e gli occhi di mio padre.

Ciao malmesso e amato campetto dove non è successo mai niente e chissà se altro succederà, se altri osservatori scenderanno dal Nord per visionare giovanitalenti immacolati, sani e forti e gli daranno un sorriso di felicità...

Ciao domenicabelladomenica, sfonderò la tua rete, ovunque sarò e ovunque andrò, puoi essere sicura.

Non so che t'hanno detto, pa'.

Non credere. Guardami negli occhi. Ti ricordi quando venne l'osservatore?

Ridammi quegli occhi, pa'. Quello sguardo. Io ti darò i miei gol e il suono di quel telefono in quella giornata indimenticabile.

Mi voleva la Sampdoria.

Binario 6 Napoli Centrale

È una sera di niente.

Una sera che non succede niente. La primavera tarda ad arrivare.

Anzi, l'inverno entra ancora dentro, anche dai finestrini.

Ci tratteniamo sul corso per non tornare a casa.

Alla nostra musica sempre uguale, ai nostri panini tonno e pomodoro, ai Plasmon del bambino, alle facce rincoglionite di chi ci striscia le notizie, ai nostri politici in odor di mafia, alle canzoni di Sanremo che ormai occupano immaginario e modulazioni di frequenza.

Abbiamo una granvoglia di sere tranquille, senza pioggia e senz'angoscia.

Ci stoniamo per non pensare, ci fumiamo per non pensare, ci addormentiamo per non pensare. "Come saprei capire l'uomo che sei," canta la radio.

"Come saprei stupire l'uomo che sei e stai lì e non sai che voli prendere..."

Carmen tutto quello che ha e ha avuto l'ha dato ad Alduccio.

E di sera lo guarda in silenzio. Guarda le sue mosse nervose, i suoi occhi un po' tristi, il suo passarsi le mani nei capelli guardando altrove, per non guardare.

Carmen gioca col bimbo mentre Alduccio si perde nei suoi pensieri e nei suoi silenzi, nell'abitudine di una sera come tante, con i balconi chiusi.

Alduccio fa i saltimortali per tenere fronte alla vita che corre più forte di lui, per non far mancar niente a Carmen e al bimbo.

Carmen accende e spegne, seccasecca, un'alicesalata, tutta nervi e fumo.

Alduccio vecchiaromagna e una partita davanti agli occhi che non vedono niente.

E il bambino con le sue risate salda quelle vitescipite. E Carmen sa che non basta e non basterà.

Accende un'altra sigaretta e s'avvicina ad Alduccio per rompere il gelo.

"Non vanno bene le cose?"

"Che dici?!?"

"Mica sono scema... lo capisco che sei abbattuto, che fai quello che puoi... per noi..."

"Non lo dire nemmeno."

"Hai una faccia..."

"E tu una gola... quante ne hai fumate oggi?"

"Lasciamo stare."

Alduccio accarezza teneramente le cosce di Carmen, mentre il peso della città come un macigno stritola un'altra serata consumata ad aspettare.

"Forse per il tuo lavoro sarebbe meglio andartene al Nord, vero? Che dici?"

"È una parola... e poi tu lo sai che il Nord m'affonda, non lo reggo, non ci resisto."

"E qua... che ci fai? NON SUCCEDE NIENTE... è un peccato... Tu vali."

"È che oggi sto un po' così, ma domani andrà meglio, vedrai..."

"Ti pesa questa città... ci pesa, lo so... c'illudiamo, Alduccio, ma siamo poveri, ci danno le briciole, quello che resta... Tu vali, fatti valere."

Alduccio non risponde, accusa, guarda suo figlio che gioca senza sapere cosa siano il Nord e il Sud, le difficoltà, il futuro, le sere di pioggia.

"Non ti arrendere, Alduccio, non ti preoccupare più di tanto per noi, il tempo passa lo stesso... almeno so che fai qualcosa per te, forse riderai di nuovo..."

"So ridere pure qua, Carmen... rido per te, perché esisti, perché ti amo."

Si abbracciano nella cameretta del bambino che da sotto ai suoi giochi li guarda e ride pensando che i grandi forse sono un poco matti.

Si abbracciano forteforte facendosi attraversare da tutte le promesse che negli anni passati si sono fatti, poi la vita è andata in altro modo, un po' li ha sorretti, poi travolti, lasciati, ripresi, comunque costretti a stare con gli occhi aperti, sbarrati sul giorno e la notte...

Binario 6 Napoli Centrale. Di corsa. Ha fatto tardi, Alduccio. Parte. S'è fatto convincere. Uno sguardo per Carmen, uno per il bimbo che ride pensando che sia tutto un gioco, un nuovo gioco, fatto di corse, binari, treni, lacrime e sorrisi.

"Ti telefono stasera appena arrivo."

Il cielo è coperto, un'aria londinese avvolge gli inizi di marzo di questa città piegata su se stessa, su nuovi dolori e indifferenze.

Carmen aggiusta il cappotto al bambino, accende un'altra sigaretta, lì all'impiedi sul binario numero 6, mentre un ventocarogna e sottile scompiglia le sue mèches ormai sbiadite.

S'avvicina al finestrino dov'è affacciato Alduccio e sorridendogli con tutto l'amore di cui è capace gli ripete:

"È tutto molto triste qua, ci travestiamo in un continuo carnevale, coperti da stupide maschere che nessuno vuol tirare giù... siamo poveri, amore mio... Tu vali... fatti valere!...".

E prima che il treno parta, prendendo il bambino tra le braccia, si ricaccia nella bolgiaumana, lasciando che il vento sparga sul viso la rabbia e l'amore di Alduccio, le serate di niente, i suoi silenzi ostinati, il suo resistere incessante...

1995

Silenzio.

Quiete dopo la tempesta. Mal di testa. Rumori.

Spumante volgare, residuo di panettone al cioccolato, lenticchie e auguri auguri.

Tutto rimasto sullo stomaco. Notte.

Macchine che corrono. Uno stereo a tuttovolume alle 6 di mattina.

Alba del primo gennaio. Underground a più non posso.

Si sono consumati i veglioni o quasi. Notte di battaglia, di traffico e danaro.

Silenzio. Ticchettio di un orologio. Annonuovo. Propositi. Rabbia. Speranza.

Sarà diverso, sarà uguale, sarà migliore. Sarà.

Sarà l'anno che verrà.

Abbiamo salutato luciodalla coi suoi barboni in televisione, il baccalà in umido, il discorso del capodellostato, abbiamo acceso bengala e alzato gli occhi al cielo, scappando al fumo di botti di periferia, abbiamo agitato mani e cuori per augurarci bellecose, siamo schizzati via in cerca di un rifugio, di un posto dove poter riflettere, pensare, digerire. Ci siamo piegati su noi stessi e abbiamo cominciato il nuovo anno cercando di non mentirci, di non imbrogliarci, di essere onesti, almeno con noi stessi.

Ciao Sergio, Caputo di un capodanno bagnato. È un po' che non ti sento.

Mi mancano i tuoi italiani mambo e il tuo sabato italiano. Fatti vivo, magari al Tahitibar per una tequila o qualcosa che ci tiri su.

Le mazzate fanno male, ci fanno stare più zitti, anche se avevamo tanta voglia di parlare ma è arrivato intanto il nuovoanno e allora tocca riflettere.

"Non c'è giustizia," m'ha detto Raffaele guardando la televisione, quelle cazzate, bevendo, mangiando farfalle al salmone, smozzicando un roccocò.

"Non ti abbattere, Raffaele, glielo metteremo nel culo, dai, questo è il nostro anno. Voglio vederti sposato, in una bellacasa, dai resisti. Stanotte t'ho visto teso. So che sei andato a piazzaplebiscito per il veglionissimo di Bassolino. Più tardi vengono i ragazzi per giocare a carte, un sette e mezzo, dai sbracati, sbanchiamo un poco, non ci pensare, fratello."

Armanduccio ha abbassato la testa la sera della vigilia, cristo.

Aveva 35 anni e forse non aveva mai scopato.

Mi parlava di Flaubert e si stava per laureare in francese.

Non gli servirà la lingua, non gli servirà il francese e nemmeno l'ostrogoto.

Un dolore forte al petto e via. In silenzio. Come in silenzio ha vissuto.

Auguri lo stesso, Armanduccio, all'improvviso. Auguri ai tuoi occhi tristi e lucenti, alla tua 126 beige quando t'incontravo nelle mattinate grigie di Marianella.

Mi sono impietrito davanti al manifesto che ti voleva morto.

Mi sono impietrito e ho pianto. Attorno a me avevo festoni e stelle intermittenti, bagliori di questa dannata periferia che ci tradisce all'improvviso, prima di natale, non ci fa diventare grandi, saggi, vecchi, non ci lascia raccontare.

Un giorno forse la fotteremo, questa fottuta periferia. Per ora auguri soltanto, e una promessa: leggerò Flaubert.

Auguri auguri e intanto piove.

I nostri occhi parlano per noi, lo stesso le nostre facce, i nostri coloriti, le rughe, le borse sotto agli occhi, i panni lisi, i capelli trattenuti in fermaglio d'osso, le guantiere di caffè come ai morti, auguriauguri, speriamo che il '95 sia diverso.

"Sarà l'anno dello scorpione," dice Mariagrazia e intanto guarda suo marito che ha gli occhi abbassati.

E un altro panettone se ne va. E affonda nel diabete della signora Maria, che tra cotechino e lenticchie ha nascosto le sue ansie, le sue paure, le sue lacrime.

E intanto il giornale mi dice che sulla terrazza dell'Hotel Posta a Cortina sembra di stare a ferragosto, caldo, o meglio non freddo, tutti fuori, drink e baci saluti baci.

Tutto affollato, come la testa della signora Lucia che ha avuto lo sfratto e chissà dove se ne andrà. Mi dice: "Auguri sinceri". Auguri a voi, signora Lucia.

Vorrei avere la più bella suite del più lussuoso albergo di Londra o Parigi e regalarvela. Ma siamo in ventitré, uno sull'altro, in questo inizio d'annonuovo bagnato.

Una suite dalla quale nessuno potrebbe sfrattarvi, nemmeno Dio, porcoddio.

Ti scasserò, '95, ti ruberò il sole, le stelle, ti prosciugherò l'acqua di mare, ti ruberò la pioggia e la nasconderò per far posto al sole, ti occuperò, '95, sarai la mia scuola, la mia università, ti contesterò se vedo che hai cattive intenzioni, ti barricherò, ti calpesterò perché voglio luce, voglio amore, voglio ridere.

Ma non ridere e poi tacere. Voglio ridere per sempre.

Per fottere l'angoscia, la malinconia, la noia, la pioggiabattente, il malditesta e i silenzi interrotti dalle macchine che passano di sotto.

Ti farò affondare, '95, e come un iceberg ti sorprenderò.

Sarai il mio Titanic. Sarai uno scoppio, una bomba, un boato, una festa, fuochi pirotecnici. Sarai un amico, un fratello, un tesoro. La mia isola deserta e io il tuo Robinsoncrusoè.

E insieme aspetteremo Venerdì.

Qui, in questa Cecenia napoletana che il due gennaio ha già smontato tutta l'aria di festa, tutta la voglia di auguri, ha tolto le mutande rosse e ha occupato le buche sull'asfalto della circonvallazione, spingendo carrelli infreddoliti in cerca di provviste, inseguendo come fossero miraggi innocui e invitanti cartelli che propagandano un periferico tre per due.

Queste raffiche di vento che sanno di Est ci schiaffeggiano e ci fanno rintanare, lasciando strade deserte che ondeggiano, asfalto tirato a lucido e frettolosi passi di avventori distratti.

In questa Cecenia che ha sparato tracchi e fuochi scannati e li ha visti rantolare lungo i marciapiedi, come in una lunga ed estenuante agonia, li ha sentiti finire e li ha accantonati poi insieme a scatole, masserizie, recipienti, piatti, cocci, bicchieri, vetri, cartoni, cassette di vino e spumante ormai svuotate e scassate, in attesa di un camion della NU che ha poi macinato tutto voracemente e amen.

Ti sognerò, '95, perché ancora oggi sogno di sognare.

Non voglio pioggia e terra bruciata, storie senz'amore e letti indifferenti.

Voglio crederci ed esserci davvero.

Sogno Cuba perché me l'hanno detta e poi L'Avana come il più belfiore, quello che non colsi. Sogno d'andare incontro al mio domani con l'aria sbarazzina di un ragazzo smilzo col maglione grande come una nave, come un problema difficile da sbrogliare, come un maestro dalle manigrosse.

Sogno Amarcord da vedere tutto l'anno e averci

poi Fellini come coinquilino, bussare alla sua porta e chiedergli perché e poi percome e poi tante altrecose...

Le tette della tabaccaia e poi Gradisca e Rimini di notte e il Grandhotel, le luci, il mare e finalmente il Rex...

E mio fratello Titta e poi Pupella, splendida madre, rosa di tutti i Maggio.

Sogno Polanski che mi dica ciao, scendendo per le scale giù dal terzopiano, prendendo il caffè con Faye Dunaway ed essere per sempre a Chinatown e non dentro la miseria delle cose...

Sogno Visconti giù al Des Bains prima della morte e già a Venezia, insieme a Stanley Kubrick e al mitico McDowell, sogno della mia generazione, generoso massacratore della band di quell'aranciameccanica famosa.

Vedo Marlon ballare il suo last tango, non più in Paris, ma in mezzo ai ragazzini, quelli vispi e col nasosporco, un po' bastardi e figlidiputtana della mia Napoliassassina che si crede una metropoli ma è solo una città bambina.

Sogno Wim, quello di *Paris Texas,* e poi Sam Shepard, Tama Janowitz, Sergio Leone, Leavitt, Tondelli e Milos Forman, tutt'insieme, brindare a un anno che verrà, oltre Los Angeles, magari nel Nevada, in un motel che sa d'imbroglio, coca e lacrime da ufficiale e gentiluomo.

Sogno l'America perché me l'hanno detta...

Ti filmerò, '95, ti sceneggerò e chiederò a Morricone di scrivere una musica come solo lui sa fare, per fermarti e consegnarti alla storia come un piccolo, innocente capolavoro...

Una Piedigrotta postmoderna

Fu una Piedigrotta postmoderna.

Dopo la partenza dei 7 Grandi da Napoli rimase ben poco da fare.

Si spegnevano i riflettori del mondo sulla città, i set venivano smontati, via le luci, gli abbellimenti, la polizia armata; via FBI, servizisegreti, via cineoperatori, fotografi.

Non ci furono più corsie preferenziali, zone rosse e zone gialle, la città ritornò alla sua *anima di sempre*, aveva in più qualche strada aggiustata, qualche fontana riattivata e tante parole lasciate alle spalle.

I 7 Poveri allora decisero che quella sarebbe stata la loro grande occasione.

Per far ammutolire la città, per farla rabbrividire.

Il tossico "già sai", il sieropositivo+++, la barbona vecchia, il travestito detto AICHÈ NANA, la puttana Antonietta Wassermann, il sòla della ferrovia e il vecchio comunista decisero che sarebbero passati all'attacco.

Si ritrovarono in una trattoria di piazzadante e, senza che il mondo sapesse, misero in piedi il vertice dei P7.

Era una vita che abitavano in quella città.

Avevano sopportato tutto il caldo più afoso delle giornate di agosto senza che a nessuno fosse venuta l'idea di rinfrescarli un po' aprendo qualche fontana, ripulendo il litorale di Mergellina. Si erano mossi a fatica a piedi o nei tram superaffollati che dalla ferrovia partivano per Bagnoli.

Nessuno aveva pensato d'istituire per loro zone rosse o gialle, verdi o arancioni, tanto meno corsie preferenziali. Per loro la reggia di Caserta, le sue splendide sale non s'erano mai aperte. Erano sporchi, brutti, cattivi, puzzolenti, scannati, bastardi, sognatori e figli di puttana. Erano i 7 Poveri. E sarebbero rimasti tali, anonimi e indifferenti se a qualcuno nel mondo non fosse venuta l'idea di far incontrare proprio a Napoli i 7 Grandi.

I 7 Poveri non avevano mai capito perché nessuno s'era preoccupato di dar loro una scorta, di far posizionare tiratori scelti che avrebbero protetto il loro passaggio per le vie della città, di studiare i loro percorsi, soste, aperitivi, caffè, lunch, colazioni, cene.

Nessuno aveva mai chiesto loro: e allora stasera che vuoi mangiare?

Troppa grazia.

Aichè Nanà, che lavorava da travestito fuori dal teatro San Carlo, fu cacciato per il G7 senza pietà. A calci in culo.

Così come la vecchiabarbona che sostava notte-giorno davanti alla Galleria Umberto.

Ad Antonietta Wassermann, che abitava al pallonetto Santalucia e lì lavorava di sera, non potendola allontanare le offrirono poco più di 500mila lire e la invitarono a trascorrere qualche giorno al mare verso Castelvolturno o Mondragone.

Al sieropositivo+++ fu trovato un postoletto al Cotugno. Un postoletto che lui stava cercando da mesi ma che non usciva mai.

Al sòla della ferrovia promisero un posto in un'impresa di pulizia se però avesse lasciato il suo commercio di bancarellaro, roba di pacchi, imbrogli, sòle a volontà, orologi di mestiere, mattoni per i cafoni e storie del genere.

Al tossico che abitava in via Chiatamone, di fronte alla sede del "Mattino," diedero una buona dose di roba e un biglietto pagato per le isole Eolie.

Al vecchio comunista una foto di Berlusconi.

Fu così che i 7 Poveri aprirono il vertice dei 7mila poveri.

Dall'ospedale Cotugno il sieropositivo+++ insieme ad altre centinaia di ammalati scesero attraverso le fogne e s'installarono a palazzoreale. Tifo, paratifo, salmonellosi, Aids conclamato, malattie veneree disparate, epatiti A B e C, attraversarono le fogne della città che dormiva, mangiava, riposava, si lavava, ignorava, non sapeva, non immaginava quello che stavano organizzando.

Dal pallonetto Santalucia Antonietta Wassermann salì a villa La Gaiola, a Posillipo, e lì continuò a ricevere i suoi clienti scannati e scamazzati in odor di scolo.

Aichè Nanà, che per sei anni tutte le sere aveva passeggiato fuori dal San Carlo, finalmente poté occupare il teatro dall'interno e dare ai suoi ospiti lezioni di sesso, di amorevero, lei splendida istruttricehard, lì da quel palco dove s'erano rappresentati *Rigoletto* e *Falstaff*. A lei di Verdi non gliene poteva fregare di meno.

Quella era la sua vittoria.

Il vecchio comunista si ritrovò da solo a piazzaplebiscito rimessa a nuovo, praticamente per lui, per la sua libidine, gioia, per farlo salire su un palco immenso messo lì per lui. Improvvisamente la piazza si riempì di gente, gente colorata, allegra, vociante, chiassosa e spensierata. Tutti lì ad ascoltare lui, il vecchio compagno che ormai non ci credeva più, perso e rassegnato, triste e abbandonato.

Tutti cantarono l'*Internazionale,* per lui, che non riusciva a iniziare il suo discorso e anche sotto la pioggia che venne giù prepotentemente la gente rimase lì, nessuno si mosse, tutti in lacrime, lui stesso in lacrime, ma raggiante, felice, al settimocielo.

Dalla ferrovia il sòla avanzava con gli arrugginiti di Sangiovanni a Teduccio, Barra, Ponticelli, Gianturco, Sant'Erasmo, e poi Villa Literno, Sanpietro a Patierno, Capodichino, Casavatore, con la rabbia di chi invece del posto per sé ora chiedeva 100, 1000, 10mila, 100mila posti, posti al sole, posti alla vita, a un nuovo vivere, diverso, vero, migliore.

Furono scambiati per i soliti disoccupati, nessuno si curò del loro corteo, del loro procedere e ridere contemporaneamente. Nessuno sapeva che pure loro puntavano su palazzoreale, dove c'erano ormai ad attenderli tutti gli altri.

A palazzoreale fu organizzato un pranzo degno del vertice dei G7.

Fusilli con ricotta, cotolette con melanzane e peperoni, polli allo spiedo, melone, caffè, gelato. Mangiavano con le mani e s'abbracciavano, sieropositivi e disoccupati, tossici e femminielli, puttane discorrere di tutto e ridere con i neri di Villa Literno, portatori sani di tutto scambiarsi effusioni e baci in bocca, si rullò, si bevve vino a volontà, si rise, si giocò, si raccontarono barzellette. Ma soprattutto si fece l'amore.

Nessuno si accorse di loro, nessuno li spiò, nessuno si scomodò. Nessuno ne parlò, né stampa, né televisioni. Non furono scattate foto, né girato un metro di pellicola.

Fu una giornata di fuoco, una giornata importante, per quello che avevano da dirsi, da scambiarsi, da promettersi. Fu un vertice d'amore, di rabbia, di solidarietà.

Un vertice di bellezza contro i soprusi, le angherie, le ingiustizie.

Un vertice di poco, forse di niente, che per il mondo intero si poteva pure evitare, che non ebbe clamori, ma che servì a loro per sentirsi meno soli, per stare insieme e ribadire con la forza del cuore che nessuno al mondo, potente o meno, li avrebbe separati.

Mentre il grosso dei convenuti continuava a ridere, a mangiare e a divertirsi, i 7 Poveri si ritrovarono verso le 9 di sera a un chiosco di Mergellina per bere una spremuta di limone con bicarbonato. Con i bicchieri in mano alzarono lo sguardo verso la collina di Posillipo allummata, incendiata, illuminata.

Qualcuno che sapeva aveva organizzato per loro dei fuochi a mare, in silenzio, una sorpresa, come il finale di qualunque Piedigrotta che si rispetti.

Ubriachi e frastornati, commossi e contenti, illuminati da quei colori sfavillanti di quei fuochi che cadendo a mare si portavano dietro la loro tristezza, le loro povertà, le loro vite stentate, s'addormentarono tutti e sette uno sull'altro, uno vicino all'altro, di fronte al consolato americano...

Mammacuraggio

Afa. Ventilatore. Inizio d'agosto.

Manca l'aria, l'ossigeno, la voglia, l'entusiasmo, la forza.

Ventilatore in cucina.

Basilico e pomodoro. Mosche.

Puzza di brodovegetale e caldo tropicale.

Ci vorrebbe la montagna. In città si squaglia.

Il telegiornale ha detto che domani e dopodomani sarà ancora peggio.

Afa. Sudore. Umidità che s'attacca addosso e ti entra dappertutto.

Acquaminerale giù giù giù, vino di sera, birra fredda ghiacciata.

Balconi spalancati, tapparelle alzate, entra, notte, e porta un po' di fresco, stendilo su di noi e facci riposare un poco, siamo affranti, abbattuti, distrutti da questo caldo assassino, caldo dell'anima, effettoserra.

"È il buco nell'ozono," disse la signora Maresca affacciandosi al balcone che dava addosso alla signora Cipolletta.

"Che cos'è questo buco nell'ozono?"

"Il cielo s'è stancato, non ce la fa più e si buca pure lui..."

"Avete sempre voglia di scherzare voi..."

"E se non facciamo così si muore."

"Se è per questo, qua si muore pure se non facciamo così."

Caldo che fa piangere, caldo che bagna le lenzuola, caldo che non ci fa far l'amore. Caldo cucina, caldo camera da letto, caldo balcone, caldo che questa casa rione parco villaggio quartiere strada città è una polveriera.

Caldo Mariarosaria a Terracina col fidanzato.

Caldo Giggino che va e viene da Vicoequense.

Caldo Sergio, Sergio più caldo del caldo più infuocato, solo e disperato, bucato e segnato e con la testa nel muro perché non ce la fa più.

Caldo di quel mercoledì alle 3 del pomeriggio.

Mammacuraggio, che due anni prima aveva denunciato e fatto arrestare suo figlio Sergio, era sul letto ma non riusciva a riposare. Suo marito stava in cucina a far parolecrociate, davanti all'inutilità di una televisione d'estate, un canale qualunque, giusto per compagnia.

Sergio aveva minacciato il padre con un coltello. Voleva soldisoldisoldi. PER FARSI. Accorsero i vicini, il pianto della madre, la disperazione del padre. Ormai erano tre anni che una settimana sì e una no litigavano. Calci, minacce, cazzotti nei muri, bugiebugie, madre disperata, in pena, consumata da questo figlio di 25 anni che una volta era un fiore, un fusto, un gigante buono, tenero, affettuoso, tosto, maschio, tante donne, vitalità.

Amore, gioia, speranza. Poi buiopesto.

Sergio s'era venduto l'anello di fidanzamento di Mariarosaria e poi l'orologio d'oro, s'era venduto il televisore e lo stereo del fidanzato della sorella, aveva organizzato una rapina ai danni del padre quando questi andò a ritirare la primapensione. Aveva fatto razzia e saccheggiato tutto quello che c'era da prendere, anche di più.

E sua madre, la signora Carmela, aveva retto, tenuto, aspettato, fiduciosa che la bufera passasse. Ma la bufera non era passata e la tempesta sempre in agguato si presentò con tutte le forze, irruentemente.

Sergio "soldisoldisoldi... dammi i soldi, cacciafuori i soldi," con il coltello. E il padre, disperato più che impaurito, aveva cercato di calmarlo, prendendolo con le buone, Sergio sopra e Sergio sotto, e "ti prego ascolta, non fare questo a tuo padre, ascolta dai, Sergio, posalo 'sto coltello, tieni, prendi i soldi, ma posalo, a che ti serve... poi domani che fai? vieni con il mitra o con una bomba?".

Sergio non voleva sentire ragioni e minacciava il padre stringendo il ferro tra le mani, con lo sguardo allucinato, pazzofuriososhining. Il padre indietreggiava cercando con le sue parole di dargli pace e conforto. Si fermò con le spalle al muro, piangendo, chiudendo gli occhi lì, davanti a suo figlio che da lui voleva solo soldisoldisoldi e forse per i soldi l'avrebbe pure ammazzato se non fosse tornata improvvisamente sua madre che lo affrontò ferma, decisa, spietata, dandogli due schiaffi e disarmandolo.

Il padre aprì il portafoglio tirando fuori 50mila lire e fece per dargliele, ma la moglie lo fermò: "Tu non gli dai niente, mo' basta, se ne deve andare. Fuori, fuori, fuori da questa casa. Vuole morire? E se ne andasse a morire lontano da qua, lontano dagli occhi miei, perché non ce la faccio più a vederlo, a sentirlo, non sopporto più quegli occhi rossi bruciati persi bugiardi assassini bastardi, quel suo grattarsi di continuo, esasperatamente, quella voce petulante, quel lamento, quel tormento, quella goccia che mi scava il cuore, il cervello, il fegato, il pancreas. Basta! Basta! Basta! Se non lo vedo mi libero, mi calmo, mi rassegno, ma così no".

Come una forsennata entrò nella stanza di Sergio e prendendo le sue cose alla rinfusa gliele buttò giù per le scale, borse, pantaloni, maglie, giacche, jeans, camicie, singhiozzando, piangendo.

"Via, via, te ne devi andare, via, via, non ce la faccio più."

Il caldo toglieva il respiro. Sergio se n'era andato chissà dove.

Suo padre e sua madre si ritrovarono seduti in cucina, attorno al tavolo uno di fronte all'altro, sconfitti, frastornati, delusi, attraversati ferocemente da quel tormento e da quel caldo. Muti.

Alcune mosche gironzolavano posandosi sulla borsa della spesa che la signora Carmela aveva riposto in un angolo, senza disfarla.

C'erano delle tazzine sporche di caffè, un bicchiere semivuoto di latte, qualche biscotto smozzicato, un boccettino di gocce Novalgina, una striscia di Roipnol e poi tanta tristezza, tanta, tanta, tanta.

La signora Carmela e suo marito rimasero fermi così per più di un'ora.

Poi il marito le si avvicinò cercando di abbracciarla, consolarla, ma lei, sguardo perso nel vuoto, rimaneva ferma, impassibile.

Passò il pomeriggio, così venne sera, il caldo continuava a essere opprimente, scese l'umidità e con essa la malinconia sui due coniugi sopraffatti da un agosto scellerato e da un figlio addolorato.

Quella notte nessuno dei due dormì, un po' nel letto, un po' al balcone o in cucina a bere acquafredda.

La mattina dopo alle 8 Sergio bussò alla porta. Era più sconvolto del giorno precedente. La madre lo fece entrare come se nulla fosse accaduto. Non un commento, una frase, una parola, niente, niente di niente.

Sergio andò nella stanza e si buttò sul letto, la radio per compagnia.

Dopo dieci minuti era lì che dormiva profondamente.

La madre lo uccise nel sonno, con un ferro da stiro, nella tempia.

Un rivolo di sangue per i suoi 25 anni tormentati.

Non un lamento. Un colpo freddo, determinato, deciso.

Fuori stava montando un'altra giornata di fuoco.

Incendiami la vita

Jazz dentro di me, sulla pelle, nell'iride.

Maschere di carnevale appese ai negozi, dentro e fuori, per richiamare un po' d'allegria e sconfiggere il cielo plumbeogrigiobasso pesante.

Sono troppo lunghe le distanze tra le feste, tocca ingegnarsi, farsi venire delle idee, incendiare questa vita, girare a mille; fare follie, sentirsi tutti i giorni a Montecarlo o a Las Vegas, stravaccati davanti a una slotmachine o davanti a una roulette.

Non so aspettare. Non voglio aspettare che venga l'estate, le belle giornate, il mare, il sale, le notti d'amore. Volo. Adesso. Su questo asfalto consumato e su questi raccordi autostradali, tangenziali, provinciali.

Volo sui miei pasti quotidiani, sul vino buttato giù per stonarmi, sul rosso di un semaforo che rallenta la mia corsa. Volo. Su chi non sa che può volare, su chi non ci riesce più, su chi non vuol volare. E aspetta.

Chi. Che cosa. Perché. Quanto. Quando.

Voglio incendiare questa mia vita, come un pezzo di incenso su carbonella ardente, come un assolo di Chet Baker, come il jazz che mi si muove dentro.

Mi rimane cenere tra le mani, non so che farmene, preparo una pista come fosse coca e inalo la cenere della mia vita, per non pensarci più.

Fatto di vitamia, di cenere e malinconia giro a

vuoto, scrivo, penso, guardo il cielo sperando che schiarisca.

Odio le nuvole, il loro peso, il loro silenzio. Schiaccio l'acceleratore della fantasia et voilà!

Sono a Malibu. Sono a Sydney. Sono sulla Loira. Navigo. E rido. E fumo.

C'ho l'estate davanti. C'ho la vita davanti. Non voglio acciacchi. Non voglio pause e dolori, soste ed emergenze. Voglio volare. E come Icaro farmi bruciare. Ma volare. Senza tristezza. Senza attese. Col ritmo, con la musica, con il be bop, col funky, col blues di BBKing. E con la frenesia del vecchio James Brown.

Sento una grande orchestra provare gli strumenti. Poi la vedo. Mi fermo ad ammirarla. Partono le primenote, c'è il sole, sì c'è il sole, volano i violini e le viole, i contrabbassi e il bassotuba, splendono i sassofoni ed è tornato maggio. Musica mi prendi, mi sollevi, io macigno, tu caterpillar mi fai ridere a crepapelle e mi scordo che aspettavo un carnevale. Per travestirmi. Per camuffarmi. Per mascherarmi. Da questo o da quello, da idiota o da Re Leone.

Musica mi fai truccare senza carnevale e mischio tutti i colori del trucco della mia mente, il rosso e il blu, l'arancio e il verde. E faccio strisce, stelle, disegni, coriandoli, divento un pagliaccio, lo Scaramacai della mia infanzia e, muto, aspetto che qualcuno mi racconti favole di lupi e castelli, spazzacamini e principesse belle e dormienti.

C'è il silenzio della noia attorno a me, qualche camion che passa, il rumore di una macchinetta da caffè, il clic di un accendino che incendia un'altra sigaretta. Bastasse un accendino per incendiare questa vita, per darle tono, colore, peso, luce, ritmo e magia. Se non lo faccio oggi forse la incendierò domani. Magari all'alba.

Mentre aspetto il nuovogiorno. Certo se la incendiassi di sera sarebbe tutto più fantasmagorico. Mi basta l'alba. Mandare in fumo tutte le paure, i dubbi, le angosce, le cattiverie, i calcoli meschini, i conti della banca, il vecchio mischiato al nuovo, le rughe e le mani callose, il russare della notte che diventa sempre più notte e sempre meno notted'amore. E dopo il fumo vedere il fuoco, spegnersi magari lentamente come un falò d'estate, e tutt'intorno a cantare le canzoni di Battisti, oh mare nero mare nero mare nero, tu eri chiara e trasparente come me...

E poi magari mettermi a correre e gridare: "Ho incendiato la mia vita, l'ho vista andare a fuoco e poi ho visto il fumo, l'ho vista...".

Ho visto tante belle cose, sembrava un trip, cazzo che roba...

Ho visto la luna ballare il tango, ho rivisto gli zingari felici, ho visto Mozart a cena a casa mia e con lui i Traffic e Che Guevara.

Ho visto Bahia illuminata e tutto il Brasile che rideva, ho visto un giorno che non finiva mai, con tante luci accese, ma non c'era la notte, non c'è mai stato il buio...

Ho visto i gelsomini nel mare di Sardegna, Elsa Morante a Procida d'estate, autostrade di baciperugina, un grandevecchio raccontare storie e un miliardo di bambini ad ascoltare.

Ho visto finalmente il sogno e l'ho toccato.

Poi c'era Dustin Hoffman che m'ha detto: "Ciao, come va? Ce lo facciamo un drink insieme?".

E insieme ce ne siamo andati lungo il Sunset Boulevard, mentre la musica americana copriva il nostro ridere da ubriachi.

Avevo incendiato la mia vita. Mi rimanevano pochi spiccioli, pochi capelli, tante cose da raccontare. E tutto prima che facesse notte...

ausschalten
[illegible]

Barba Barbone

...E vado per la ferrovia, mi perdo nella sua notte, cammino tra la malinconia di chi non ha niente da dirsi, niente da darsi, non una stretta di mano, un cenno, un saluto, un abbraccio, perso tra chi non arriva né parte, senza valigia, senza orari, sotto i segnali blu di questa notte livida e carogna, notte assassina, notte marchetta e marchettara, notte di preservativi algerini, sicuramente di Tunisi o Rabat, sguardi napoletani, sguardi bastardi e figlidiputtana, sguardi consumati eppure teneri, giovani, sguardi indagatori, sguardi che ti spogliano, ti scavano, ti sfondano e ti lasciano lì, umido e bagnato fra chi corre strafottente e a testaabbassata verso un amore, un impiccio, una sopravvivenza, verso un figlio, un amante, un imbroglio, un affare...

Barba Barbone non aveva età, e quella sera festeggiava il suo compleanno, una bottiglia di vino di Gragnano tra le mani, aveva lasciato l'anfratto dietro corsoarnaldolucci e, posizionatosi all'ingresso delle scale che portano alla circumvesuviana, stravaccato per terra fumava e rideva, rideva e fumava, ogni tanto un sorso di Gragnano e si guardava intorno, e poi rideva ancora e ancora fumava e poi scroccava e poi si guardava intorno e chiedeva l'ora e poi si perdeva nei colori blu fosforescenti delle megainsegne che campeggiavano tutt'intorno.

Aveva una quarantina d'anni e tanti capelli di un

colore ormai strano, degli occhi luminosi e forse era stato ragioniere, aveva studiato, s'era diplomato, s'era emozionato, forse aveva amato, aveva baciato, goduto, vibrato, sognato, aveva cantato da piccolo ed era andato col padre nelle giostrine, s'era perso tra le conchiglie di un bagnasciuga lontano, aveva guardato il sole, fantasticato sulla luna, sulle sue macchie e lontananze, aveva pianto quando l'uomo vi ci scese sopra e forse aveva commentato con sua madre davanti al televisore, aveva nella testa migliaia di cartoni animati, foto di quand'era bambino, e chiaro nella testa il giorno della sua primacomunione, giorno in cui stringeva in mano quel giglio come fosse un gelato alla fragola o come fosse il primoamore. Chissà dov'era quel giglio, dov'erano i suoi pensieri, i suoi ricordi, il vestito che sua madre gli aveva cucito di notte per risparmiare, e le scarpe lucidate col bianchetto e soprattutto dov'era la sua emozione la notte prima degli esami, gli occhi sbarrati e insonni, il cuore per aria, la gioia di abbracciarsi col padre e coi fratelli...

E dov'erano suo padre, i suoi fratelli?

Persi, smarriti, andati, forse morti, cancellati, sfiancati e abbandonati da una vita bastarda e segnata. E dov'era lui, cosa pensava mentre accendeva un'altra sigaretta, cosa vedevano i suoi occhi luminosiespenti, cosa sentivano le sue consumate mani mentre stringevano quei cartoni che avevano avvolto forse confezioni di panettoni o giocattoli per bambini ricchi e felici.

Vide Imma che saliva le scale della circumvesuviana e rideva.

Rideva lei, rideva lui, cartone lui, una mappata lei, Gragnano lui, un pacchetto lei, accartocciato alla meglio, aperto e poi chiuso, scassata lei, scassato lui, ferrovia lui, ferrovia lei, odore di cesso lui, odore di cesso lei che nel suo sguardo assente ostentava una sua passata bellezza, sicuramente una presente femminilità.

Appena la vide le si avvicinò offrendole la bottiglia di Gragnano, lei fece cenno di no mentre rideva accelerando il passo, lui la placcò di spalle, lei si girò e gli fece un sorriso sdentato e sporco.

Nessuno aveva occhi per loro, né la polizia che stazionava lì, né i viaggiatori stanchi e distratti della sera, né gli ambulanti e nemmeno i ragazzi che schiamazzavano e correvano per non perdere la metropolitana.

Lei aprì il pacchetto che conteneva due sfogliate smozzicate e una intera e gliela offrì.

Barba Barbone le mise allora una mano sulla spalla, forse il braccio, lasciò cadere il cartone e la bottiglia e cercò d'infilare la mano nel seno di lei che si scansò come una liceale timida e arrossita.

La notte napoletana era fredda e strafottente, blu e mascalzona, Imma e Barba Barbone masticavano senza denti quello che restava di un compleanno d'amore, di una vitanegata, di una sfogliatella smozzicata, mano nella mano, pensando ai gigli della loro primacomunione o ai secchielli e palette di un litorale lontano...

Milano bang bang

Avevamo cinque anni, correvamo sui cavalli, io e lei contro gli indiani, eravamo due cowboy bang bang, io sparo a te, bang bang, tu spari a me, bang bang, di colpo lei, bang bang, lei mi guardò, bang bang...

Anna ti amo e mai potrò lasciarti, Anna mia, Annarella sei fratelli, Annarella colazioni, letti da fare, faccia consumata eppure bella e te lo vado a scrivere sui muri che ti amo...

E quella spogliarellista di Bagnoli non è niente per me, è stato un attimo, una debolezza, una toccata e fuga, è vero che aveva le zizzebelle e me lo succhiava bene ma è te che voglio, Annarella 167, cuoregrandefigastretta...

Lo so che tuo padre non mi voleva in casa, un po' perché non lavoravo, un po' perché era gelosogeloso di te, unica femmina in mezzo a quei lupi dei tuoi fratelli, ma tu tosta e decisa riuscisti a impormi: lo amo, mi piace, lo voglio e me lo prenderò lo stesso.

Ricordo ancora l'imbarazzo della prima volta, di quando m'hai presentato tuo padre, ma tu eri fiera di me, di questo spiantato perditempo bello e cazzone, gelatina in testa, occhi neri, niente davanti, paroleparole, la sera uscivamo, un po' qua e un po' là, ballare, panino, pizza, fotterefottere, la domenica a mangiare da te e i tuoi che avevano quegli sguardi pesanti, quell'aria di chi non sopporta e lo deve invece fare per forza...

Un po' di televisione, un po' le partite alla radio, commenti vari, salsicce e friarielli, il ragù come dio comanda, vinovino, le sfogliatelle e i cannoli per addolcire l'amaro di tuo padre che proprio non ci stava. Tuo padre, una vita di nettezza urbana, camion del comune, salire e scendere, munnezzamunnezza, 4 di mattina, sguardo assonnato e piglioincazzato e intanto tu venivi su bella come un fiore e io ti chiavavo e ti amavo e ti amavo e ti desideravo e ti avevo e ti chiavavo e lui munnezzamunnezza ma non era certo colpa mia, lui lo sapeva che io t'amavo e ti volevo sposare e prima o poi la testa a posto l'avrei messa... non che non ce l'avessi, ma sai, non avendo un lavoro fisso è facile pensare male di un ragazzo che si porta bene e c'ha la vita negli occhi, in faccia e nei pantaloni gonfi al punto giusto.

Tua madre abbozzava ma nemmeno lei era tanto convinta, perché se solo lei fosse stata convintasicura al punto giusto sicuramente avrebbe convinto e calmato pure tuo padre, ammorbidito... e invece lei abbozzava... era chiaro che pure lei desiderava qualcos'altro per quello schianto di figliola, qualche buon partito che potesse sistemare lei, qualcuno dei suoi fratelli, portare un po' di tranquillità e serenità.

Io che potevo portare? Forse un po' di casino, d'allegria, un'aria distratta e spettinata, la mia gioventù e la mia bellafaccia, ma niente altro e lei lo sapeva, lo capiva, e non potendo dirti di no apertamente ora abbozzava, ma gonfia dentro, rosa, tesa, poche parole, di convenienza, per buona educazione e basta.

E io me ne accorgevo e a casa tua venivo il meno possibile e il meno possibile telefonavo eppure t'amavo, sono stato pazzo di te, anche se tu non m'hai mai perdonato la spogliarellista di Bagnoli.

E poi è arrivato il posto, oddio chiamalo posto, sono stato assunto in prova in un'impresa di pulizia in odor di camorra. Sempre qualcosa era, meglio di niente, meglio del girovagare assente, almeno per tranquillizzare i tuoi genitori, non tanto te che hai avuto fiducia in me... La mia spina erano loro. Quando venni a comunicare a tuo padre che ero stato assunto, sebbene in prova, unmilionealmesepercominciare, mi ricordo che non disse niente, abbassò gli occhi, fece in modo di cambiare discorso; non che m'aspettassi ringraziamenti e pacche sulle spalle, ma almeno una stretta di mano, un cenno d'affetto o stima, affanculo proprio niente.

Tu m'aspettavi nell'altra stanza, volevi sapere. Ti dissi una bugia, ti dissi che era rimasto contento, che stava cambiando opinione su di me.

Ti vidi distesa, rilassata. Per un attimo.

Poi lui interruppe quella nostra apparente felicità dicendo: "Vedi bene con chi te la fai, perché qua già abbiamo abbastanza problemi, non portarcene altri...".

Era chiaro che alludeva all'impresa di pulizia, perché gli avevo detto che il posto me l'avevano dato grazie alla pressione di un capoccia amico e conoscente del titolare dell'impresa, che proprio uno stinco di santo non doveva essere.

E la cosa s'è complicata quando poi sono stato assunto definitivamente, quando abbiamo cominciato a parlare di fittarci una casa per conto nostro e di sposarci, confetti, ristorante, buste, partecipazioni, mobili, camera da letto, quello che avrebbe dovuto regalarti lui, quello che avrei dovuto invece pagare io o comunque la mia famiglia...

Misteriosamente ti mandarono a Milano ad assistere tua zia, malata improvvisamente: "Poveretta, sola, non aveva nessuno...".

Capii subito che volevano allontanarti da me. E

quando seppero che ero venuto a Milano in cerca di te, il gioco fu chiaro.

Tu telefonasti per informarli del mio arrivo a Milano, ricordo ancora la sua voce per telefono: "Tu a mia figlia la devi lasciare in pace, hai capito? La devi lasciar stare, non è per te, hai capito?".

Eravamo in una cabina telefonica di piazzale Loreto. Faceva freddo. Guardavo fuori le insegne luminose fosforescenti, colorate, che illuminavano prepotentemente la piazza. Ma il freddo rimaneva. E pure il livido della sera quasi notte, e pure gli sguardi frettolosi e assenti dei passanti.

E pure il gelo nella mia anima.

Tu mi guardavi e mi chiedevi: "Cosa dice? Che ha detto?".

"Chc debbo lasciarti, non vederti più..."

Uscisti dalla cabina e ti sedesti su una fredda panchina, accendendo una sigaretta che diffuse tutt'intorno fumo e tristezza, dolore e lontananze.

Mi ricordo che me la volevo mangiare quella cornetta, avevo gli occhi di fuoco e gli urlai quello che avrei voluto dirgli da sempre: "SONO IO CHE DA ADESSO IN POI TI PROIBIRÒ DI VEDERE TUA FIGLIA. TU NON SEI UN PADRE. SEI UN MOSTRO".

Misi giù la cornetta mentre lui imprecava, minacciava, bestemmiava.

Era lontano lui, la sua voce, la nostra Napoli, il rione, il posto di lavoro, l'odor di camorra. Ed eri lontana tu, assente, persa e smarrita sebbene stessi lì fuori, striminzita su quella panchina umida e bagnata.

"Che gli hai detto?"

"Niente, non ti preoccupare. Hai fame? Ce la facciamo una pizza?"

"A Milano?"

"Conosco un posto dove c'è un pizzaiolo di Napoli."

Novembre a Milano, sera fredda e vuota, io e te

per corso Buenos Aires, mano nella mano, per proteggerci e riscaldarci.

E quella pizza non sapeva di niente, e niente ci dicemmo lì seduti uno di fronte all'altra, e il pizzaiolo di Napoli non c'era più, ce n'era uno di Como...

"Che debbo fare?" mi chiedesti impaurita.

"Che vuoi fare? Devi aspettare... ora non puoi, non possiamo fare niente."

"E che ci faccio qui?"

"Domani ce ne torniamo a Napoli."

"No, io a casa mia non ci voglio tornare più."

"Non ti preoccupare, a casa non ci tornerai."

"E dove andremo a stare?"

"In qualche modo faremo."

T'accompagnai a casa di tua zia al Giambellino e abbracciandoti sotto casa non avrei mai immaginato che sarebbe stata l'ultima volta.

L'ultima volta che ti avrei vista, che t'avrei accarezzata, guardata.

50 Roipnol buttati giù prepotentemente ti separarono definitivamente da me, da tua zia, da tuo padre, da tua madre, dai tuoi fratelli, da Napoli, da Milano, dai biglietti del metrò che conservavi nella borsa, dalla pianta della città che seguivi per non smarrirti, dalla mia foto che conservavi nel portadocumenti, dal pupazzetto che mi comprasti alla Rinascente.

Tuo padre si precipitò l'indomani in aereo.

Lo aspettai tutta la mattinata sotto il portone di tua zia, nascosto in modo da vedere senza essere visto.

Era insieme a tuo fratello Andrea.

Gli sparai 11 colpi tutti al viso, io che non avevo mai sparato.

Tu morta all'obitorio per l'autopsia, tuo padre stramazzato per terra, io che gridavo come un forsennato e mi strappavo i capelli.

Andrea rimase attaccato al muro, muto.

E pensare che era la prima volta che veniva a Milano...

Milano dei desideri, dei sogni, dei sospiri, del benessere, Milano da bere, da affogare, della nebbia, dei navigli, dei centrisociali, Milano di Lambrate, di corso Magenta, di Radio Popolare, Milano delle banche, Milano delle Bande Nere, case di ringhiera, di via Gluck, di via Bianchi, della Barona, Milano scoppiata, infernale, Milano paura, calibro 9.

Milano bang bang...

Notte di Sanlorenzo

Notte di Sanlorenzo. È da ieri che ti vorrei fermare, scrivere, raccontare.

Notte di discussioni inutili, di politici ladroni e chiacchiere stupide e ruffiane sotto un gazebo di una villa ischitana. Notte di chi vedendo una stella cadere esprime ancora un desiderio. Notte di chi voleva cambiare il mondo e gli rimane una penna per compagnia, una ringhiera su cui stendere i piedi e ancora nelle orecchie le cazzate sparate da chi s'è allineato, venduto e cerca di spiegarti che il sistema va così, le regole son queste e non le puoi cambiare.

Notte di Sanlorenzo fammi cadere addosso un miliardo di stelle e fammi esprimere un solo grande unico desiderio: far scomparire tutti questi inutili coglioni, stupidi, abbronzati male, gonfi, protetti dai loro tetti, mansarde, ville, gazebo, arroganti, ignoranti, approssimati, tutti uguali, tutti schierati, figli del Biscione, bagnati da un whisky di malto e dal gelo del vuoto che serpeggia nei loro occhi e tra le loro labbra, nelle loro teste, nei loro toraci e nella cellulite che le loro donne fanno fatica a camuffare.

Ribellati, Ischia, falli annegare tra Casamicciola e Lacco Ameno, affogali nella baia di Sanmontano, e quelli che resistono scaraventali giù da Punta Caruso o Punta Pisciazza. Prenditi la mia rabbia, Ischia, e falla riposare sotto Sant'Angelo, alle fumarole, in piazzetta quando è l'alba o a Cartaromana.

Io non ne posso più di chi si fa passare il tempo addosso e addosso il sole, il mare, la brezza, il fresco, l'umidità, i gelati, i cornetti al cioccolato, i bucatini al coniglio, il limoncello, come niente fosse.

Di chi porta le cotolette a bordo del 17metri, di chi dice che c'è schiumetta sotto Procida, c'è mare e che a Vivara ci aspettano per il pescefresco.

Forza schiumetta, sommergili quando stanno per arrivare sui loro cabinati, scovali, riconoscili, parlagli, falli parlare, incastrali, condannali, falli pagare: hanno preso, rubato, saccheggiato e girano ancora liberi per il golfo anche se in attesa di processo.

Scendete stelle su di me e tramortitemi, fatemi riprendere da questo lungosonno, fate sì che risvegliandomi possa non trovare più tutte le ovvietà, le stupidità, le banalità e i sorrisi da pescemorto.

I loro diminutivi e vezzeggiativi, Gabri, Paki, Micol, le barche in partenza per Panarea. Panarea che a detta loro quest'anno sembra un carnaio, piena di tamarri e gente col cestino. O Panarea, splendido scoglio, cosa ti costa accontentarmi? Tu che nascondi pietre e scogli dappertutto, fa' che non li vedano, così l'anno prossimo i coglioni diminuiranno e man mano ti abbandoneranno e ti lasceranno sola, splendida, abitata da chi ti sa amare, capire, rispettare, guardare e da te farsi rapire.

Non ne posso più dei pareo comprati a Paxos, a Ios o Mykonos, le soste naturiste a Ginostra a mangiare i ricci di mare.

Incazzatevi ricci di mare, pungeteli, invadeteli, non lasciatevi gustare da quei palati anonimi e arricchiti, da quelle linguesporche, dai loro aliti impastati.

Voi, spigole saraghi dentici orate vongoleveraci astici aragoste fermatevi nelle loro gole e non fateli respirare, poi rituffatevi nel mare e toglietevi di dosso il loro tanfo, la loro puzza, la loro obesità, quel non saper scopare, quei capelli da riporto, quei cazzetti ridicoli e quei denti guasti e incapsulati, quelle callosità che condannano i loro corpi, corpi avariati, putrefatti, aridi, bruciati, in attesa della sera, della notte, di ferragosto, della notte di Sanlorenzo.

Vi prego, stelle, per loro non cadete.

Non sanno, non meritano, non capiscono.

Rimanete dove siete e fate luce a chi si sta spegnendo, a chi ha bisogno di un conforto, di un sorriso, di una parola, forse di un po' d'amore.

"Merda!" disse Luca detto Luchetto. "Merda merda!!! Glielo avevo detto a quello stronzo di non picchiare pesante... affanculo... mo' col vecchio che è morto se c'acchiappano succede l'iradiddio... affanculo il Mandingo e la sua capatosta... affanculo lui e quelle palline di merda che si fuma... va a rota di palline ed ecco quello che combina... No... io con lui non esco più."

"Ma quello per le scale t'ha guardato in faccia?" chiese il McKenzie a Luca.

"Che cazzo ne so, figurati se mi mettevo a guardare se quello mi guardava in faccia o no..."

"No perché se quello t'ha visto in faccia siamo nella merda," ribadì il McKenzie.

"Tu nella merda ci sei nato," rispose Luca.

"E ci moriremo," disse ironico il McKenzie per spezzare un po' la tensione.

"Ma che s'aspettava il Mandingo," disse ancora il McKenzie, "che il vecchio gli mollasse i soldi della pensione così, in quattro e quattr'otto? Era normale che il vecchio se la difendesse coi denti, ma cristosanto una volta che gli hai preso 'sti fottuti soldi che cazzo infierisci? Il vecchio era a terra, bastava uno sputo e non s'alzava più... No, invece, col calcio della pistola... e che cazzodicriminale sei... PER 800MILALIRE no, io non voglio saperne niente, io adesso me la canto e non se ne parla più..."

"E che tu te la canti a che serve?" disse Luca. "Ormai per colpa di quella merda di popper... POPPLER... come cazzo si chiama, siamo fumati pure noi."

"Ma perché siete sicuri che ci prendono?" intervenne il McKenzie. "Non siamo del quartiere; può essere un vantaggio... intanto i primi a essere incastrati adesso sono quelli di Fuorigrotta Traiano Pianura Soccavo Epomeo..."

"Capirai..." sentenziò il Secco, "io ho scoperto che se la madama vuole trovarti ti viene a pescare... oh... dovunque stai... a qualunque ora, senza pietà e senza mezzitermini..."

"Eppoi può essere che il vecchio non sia morto," suppose il McKenzie.

"Ho visto il sangue che gli usciva dalla testa," disse Luca.

"Io me li gioco... il vecchio, il sangue e l'assassino... 10mila terno secco per Napoli e chi s'è visto s'è visto," concluse sbrigativo il McKenzie.

"A che ora ci dobbiamo vedere stasera con il Mandingo?" chiese Luchetto.

"Alle 8 al biliardo sotto casa del Secco."

"Stasera parlo chiaro," ribadì Luchetto. "È meglio per tutti che il Mandingo se ne stia un po' a riposo, questo fa guai, i tempi so' strani..."

Il Mandingo, il Secco, il McKenzie e Luchetto avevano messo a segno l'ennesimo colpo. I loro bersagli erano pensionati, donne sole, impiegate che andavano a riscuotere assegni o stipendi in banca, insomma facili prede per quattro sgamati e rottinculo come loro. Quella sera al biliardo litigarono pesantemente.

Il Mandingo s'infuriò, disse che lui non era partito per ammazzare il vecchio. "Solo che quel vecchio non voleva in nessun modo mollare la grana... glielo avrò detto cinquanta volte, dammi i soldi dammi i soldi, affanculo vecchio di merda, che cazzo te li nascondi a fare?"

Il Mandingo precisò che quando si esce insieme poi si debbono dividere pure i rischi e le colpe.

"Ma non se uno tiene la capa bacata, vuota, a perdere," ribatté Luca.

Si divisero le 800MILALIRE, 200 sacchi a testa e il Mandingo disse che si sarebbe allontanato per qualche giorno, forse una settimana, per cui agli altri due lavoretti che avevano in programma lui non avrebbe partecipato. Nessuno si oppose, nessuno obiettò nulla.

"Fatti vivo quando torni," fece il Secco salutandolo.

Il giorno dopo i giornali annunciavano che la polizia era già sulle tracce degli assassini del pensionato di via Epomeo, Soccavo perso, case su case, negozi, spinelli, bar, gioventù, occhineri, occhiverdi, pantacollant, sguardi libidinosi, capelli corti, mesciati, lavati, rap che schizzava dalle autoradio, magliette raffiguranti i Rem, offerte paghi due e prendi tre, appuntamenti presi e altri disdetti, sorrisi, anfibi, scarpette, tampax, assorbenti, pizzefritte, decalcomanie...

"Guarda Gianmarco quant'è bello," disse Lucia a Irene, "c'ha pure la Pegiò 106 con lo stereo... che bello se mi portasse a fare un giro verso Montediprocida."

"Che gli faresti?" chiese Irene.

"Quello che gli faresti tu," rispose Lucia e salutando Irene già correva appresso alla sua comitiva, catturata al volo per un panino al lago d'Averno. E lì nel pub Soleado c'era proprio Gianmarco, 18 anni appena compiuti, di via Garzilli, con la sua comitiva, quelli di parcosanpaolo.

Gianmarco si accorse subito che Lucia se lo mangiavadivorava con gli occhi e spedito le si avvicinò con una Eku28 in mano, già fatto di birra.

LE NOTTI NON FINISCONO ALL'ALBA IN UNA VIA... NE FACCIO MELODIA... cantavano gli 883 a tutto volume nel locale... E POI ALL'IMPROVVISO SEI ARRIVATA TU... COME MAI MA CHI SARAI PER FARE QUESTO A ME...

Lei sorseggiò la Eku e appena finì di bere le labbra di Gianmarco già erano sulle sue, lì nel parcheggio che circondava tutto il lago, complici le zanzare e le cicale delle prime sere d'estate.

Gianmarco scolò il resto della birra, si girò indietro, fece un rutto e si slacciò i pantaloni tirando fuori il suo arnese imbizzarrito.

Lucia s'inginocchiò nascosta dietro a una Golf e incominciò a lavorare di lingua mentre Gianmarco beato pensava che la vita gli avrebbe riservato molte belle sorprese.

Aveva appena 18 anni, era bello, una 106 sotto, le ragazze gli giravano attorno, un'estate favolosa davanti, questa Lucia che lo spompinava dopo il panino, con ancora in bocca il sapore di ketchup, maionese e tabasco. E ora di cazzo, di sperma, di Gianmarco, dei suoi umori, odori, sapori.

Via Epomeo dei ragazzi, degli uffici postali, delle rapine, dei vecchi, dei pensionati, delle minigonne, degli stupri, degli impiegati tristi, dei consultori, dei centri di salute mentale, dei salumieri che fregano sul Parmacotto, delle mamme, ammazza e quanto scopano queste mamme, o incinte o a tirare carrozzine.

Via Epomeo violenta, tenera, appassionata, calda, giovane, periferica, un po' Barcellona, un po' Ibiza, un po' il Cairo, un po' Primavalle o Centocelle, Roma sporcata, nera, incazzata, tosta e figliadiputtana, già Napoli o Neapolis, Partenope se vuoi...

Il Secco quella sera andò a festeggiare con una capoverdiana che aveva conosciuto in un locale a ridosso della ferrovia, una certa Jasmine, né brutta né bella, tipica colf che arrotondava facendo marchette di occasione. 50 sacchi alla ragazza, 70 in due in una trattoria di Pozzuoli, una stecca di fumo sul porto guardando le barche che andavano su e giù, 50 una maglia arancione che aveva visto in galleria, praticamente gli era saltata la sua parte, le 200mila, e intanto il vecchio non c'era più.

Il McKenzie, non si sa perché soprannominato così, andò a fare una partita di calcetto contro quelli del rione INACASA, una specie di torneo fra scannati che avevano organizzato per ammazzare la noia delle sere di maggio e giugno. Rione Berlingieri, rione Amicizia, 167, rione INACASA: che vinca il migliore.

Luchetto andò a Sorrento con la fidanzata, in moto, a sfrecciare nelle curve di Vicoequense, un saltimbocca al ritorno, una sosta a Castellammare per l'ennesima scopata. Ormai Luchetto e Barbara si conoscevano in ogni posto, in ogni centimetro di cazzo e di fessa, ma si desideravano sempre e sempre si cercavano. Quella sera Barbara s'accorse che Luca era nervoso, strano, comunque diverso dalle altre sere.

"No, non è niente," disse Luca.

"Ma io ti sento diverso, pure il tuo cazzo stasera non è come le altre volte."

"Più brutto o più bello?" chiese paraculo lui.

"Più nervoso," disse lei, "più arrabbiato."

"No, non è niente," ripeté per chiudere Luca.

"Vabbè, allora vuol dire che io non capisco più niente, che non ti conosco più, ok?"

"È che quello stronzo del Mandingo ha combinato una cazzata, è andato giù pesante col ferro e il vecchio c'è rimasto sotto."

"E mo'?" chiese Barbara.

"E mo', e mo'," rispose laconico lui, "dobbiamo solo augurarci che ci vada bene, ma io il Mandingo l'ho visto strano, troppo strano, quello non sta bene, chissà che c'avrà sotto, mischia certe palline di fumo col Roipnol e il Lexotan, poi s'abboffa di birra, martini e gin... chi lo sa..."

Il McKenzie da una ventina di giorni stava uscendo con una certa Rosa, infermiera all'ospedale Sanpaolo di Fuorigrotta.

In effetti a lui di Rosa non gliene poteva fregare di

meno. Quello su cui lui aveva puntato era lo stipendio di Rosa, che con notti e straordinario superava i due milioni e mezzo. Era quello che serviva al McKenzie, che in un primo momento aveva pensato di fare il lavoretto da solo, poi si convinse d'aver bisogno dei suoi due compari. E quel lunedì mattina passarono all'azione.

Rosa andò a incassare il suo assegno in una banca di vialeaugusto. Il McKenzie, che aveva preparato tutto, s'era offerto di accompagnarla. Ormai Rosa lo considerava un vero amico. Il Secco e Luchetto seguirono a debita distanza.

Dopo l'operazione il McKenzie le offrì un caffè seduti a un tavolino, due chiacchiere, un sorriso, un paio di sigarette e poi Rosa accettò di farsi accompagnare a casa. E i due dietro. Ma tutto questo Rosa non lo poteva sapere. Era una calda giornata di fine giugno.

L'appartamento di Rosa era in un parcopopolare a ridosso di viaepomeo, gente che va gente che viene, bambini, ciclomotori, biciclette, panettieri, salumieri, ragazzi che portano la spesa, casino, clacson, schiamazzi...

Nessuno prestò attenzione ai tre intrusi.

A Rosa piaceva molto il McKenzie che le aveva detto di chiamarsi Antonio e di fare l'autista all'Atan.

L'appartamento di Rosa era grazioso, niente d'impegnativo, due camere e cucina, un salottino, una piccola veranda.

Rosa offrì un martinibianco al McKenzie e gli disse di mettersi a proprio agio. "Fa come se stessi a casa tua, se devi andare in bagno fa con comodo... scusa il disordine, ma sai vivo da sola, il lavoro... Preparo uno spaghetto al pomodoro? Ti va?"

"Magari," rispose il McKenzie, "oggi m'è venuta fame anche se con questo caldo la fame mi passa."

"Sei in buone mani, ti farò leccare pure i baffi," affermò Rosa.

"A me piacerebbe leccare qualche altra cosa..."

"Ahi ahi ahi... come corri."

"Non mi fraintendere," disse il McKenzie.

"Per carità non ci penso proprio," aggiunse ironica Rosa.

Il McKenzie andò in bagno a darsi una sciacquata, Rosa in cucina a preparare gli spaghetti al filetto di pomodoro.

Era contenta Rosa perché aveva capito che l'attendeva un pomeriggio tuttosesso con questo Antonio che era proprio un bel tipo, che la stuzzicava, la eccitava. E infatti Antonio/McKenzie era già disteso nel salottino, sbracato con un asciugamano che gli fasciava la vita, fresco di doccia e profumato.

"Me lo faresti un massaggio?" chiese Antonio.

"E gli spaghetti?" sussurrò Rosa.

"Su di me, dai portali qua," rispose invitante Antonio con uno sguardo libidinoso che impedì a Rosa qualunque obiezione, qualunque considerazione...

Rosa li portò in un tegame, li fece raffreddare e nel frattempo Antonio, stesosi completamente sul divano e liberatosi dell'asciugamano, faceva segno: "Qui, qui," indicando la sua pancia e a scendere il suo cazzo.

Visto che Rosa titubava, con le mani prese una manciata di spaghetti dal tegame e se li appoggiò ancora caldi e rossi di pomodoro sul ventre, mostrando una libidine esagerata. Rosa, che in un primo momento era alquanto imbarazzata, abbassò la testa e incominciò a mangiare spaghetti e cazzo, pomodori e peli e leccò e sniffò gli odori di Antonio e si aiutava con le mani e con le mani l'aiutava Antonio, e il gioco piacque molto a Rosa che dimostrò di divertirsi e di godere al punto che poi volle che fosse Antonio a mangiare spaghetti su di lei.

"Girati," disse lui, "li voglio sul tuo culo."

Rosa aveva un culo enorme, bianco, tosto e lì Antonio rovesciò il resto degli spaghetti dal tegame e mangiò il culo di Rosa, la pasta, infilò la lingua dappertutto, tirò su gli odori di Rosa e del basilico, e quando ebbe finito di mangiarsela la possedette da dietro e poi davanti, e poi davanti e poi ancora da dietro e Rosa, impazzita dal piacere, subito dopo gli chiese se volesse ancora altri spaghetti...

Fu in quel momento che in casa di Rosa entrarono il Secco e Luchetto.

Appena Rosa sentì i rumori venire dall'ingresso s'alzò di scatto ma Antonio la tirò giù sussurrandole in un orecchio: "Dove vai, il bello deve ancora venire".

In quell'istante i due, già spogliati, entrarono nel salottino e prima che Rosa potesse gridare le ficcarono un fazzoletto sulle labbra annodandoglielo dietro la nuca.

"La signorina ha mangiato gli spaghetti," disse ironico il McKenzie, "fate piano che sta digerendo," e alzandosi dal divano s'avviò in bagno.

Il Secco e Luchetto se la spassarono per più di un'ora, lasciandola esausta, sconvolta, sporca, bagnata, piena di sperma e sangue dappertutto.

"C'ho fame," disse il Secco.

"In cucina ci sono ancora degli spaghetti," rispose il McKenzie che durante il lavoretto dei suoi compari se ne era andato nell'altra stanza a telefonare.

Rosa giaceva sul divano stressata, mezz'addormentata, sconfitta, addolorata, sguardo assente e loro lì a bivaccare in cucina sul suo tavolo, fra le sue pentole, posate, bicchieri. Li sentiva ridere, schiamazzare, fare rutti, brindisi.

Il McKenzie stava friggendo delle cotolette che aveva trovato in frigo, il Secco voleva spaghetti aglio e olio, Luchetto bestemmiava perché non c'era vino e doveva accontentarsi della birra.

Nessuno dei tre parve più prestare attenzione a Rosa che aveva la bocca tappata ma le mani se le era liberate e sgusciando come un'anguilla s'avvicinò al telefono, un attimo giusto per segnalare al 113 il suo nome, il suo indirizzo.

Dopo meno di cinque minuti, Luchetto, McKenzie e il Secco rimasero di stucco, mentre armeggiavano fra aglio olio peperoncino, cotolette, sentendo voci alla porta che gridavano: "APRITE POLIZIA!!!".

Si precipitarono di là e trovarono Rosa al suo posto, solo con la bocca ora libera, sguardoferoce di bestia in cattività. Li guardò e disse: "Adesso aprite, uomini, coraggio, uomini con le palle, aprite, ci sono degli altri uomini che vogliono mangiare le cotolette insieme a voi, aprite...".

E scoppiò a piangere urlando: "UOMINI... UOMINI... APRITE MERDE, UOMINI... MERDA MERDA...".

"C'è Massimo!" disse Dapporto da una nuvola bugiarda e ballerina in quel giugno infuocato...

"C'è Massimo! È arrivato Troisi," ripeté rivolto a Walter Chiari.

"Evviva, allora stasera festeggiamo."

Walter aveva in mano una bottiglia di Dom Perignon annata '72, la stappò appena ebbe la notizia.

"Tanto di là ne abbiamo a volontà."

La notizia dell'arrivo di Troisi si diffuse rapidamente.

Telefonò per chiedere notizie Carlo Campanini, e diede a sua volta la notizia a Marcello Marchesi.

Arrivò Flaiano tutto trafelato: "E vero che c'è anche Troisi?"..

"È vero sì," disse il signore di mezza età, "è una sorpresa, ma è vero."

Macario, accompagnato da Nino Taranto, scese dalla sua nuvoletta vestito di tutto punto, portando polli allo spiedo, birra, vino del Monferrato, arrosto di vitello, spezie, mousse al cioccolato. Totò stava riposando e nessuno aveva il coraggio di svegliarlo per dargli la notizia: "Ho sognato che qua stava per arrivare quel ragazzo napoletano così simpatico e bravo, quel Troisi che quando faceva Annunciazio' annunciazio' faceva ridere a crepapelle... Oddio, io principe De Curtis è risaputo che rido poco, ma se rido, rido. E lui mi faceva ridere. Che strano sogno!".

"Ma quale sogno e sogno," gli disse Titina De Filippo. "Totò, Massimo è morto e sta arrivando qua."

"Perbacco!" ripeté il principe. "Così giovane?"

"Giovane e felice," ribatté Titina, "è dei nostri e di là stanno facendo a gara a chi lo vuole come compagno di stanza. Eduardo ha detto che lo vuole ricevere per fare gli onori di casa, sicuramente ha in testa qualcosa di speciale."

Da una porticina si affacciò timido il piccolo Nicknovecento. Era felice.

Stava rollando uno spino di maria e sorrideva.

Fellini stava disegnando, la Magnani si faceva lo shampoo, Buazzelli era tra le sue orchidee, Gino Cervi stava preparando il tabacco per la pipa, Aldo Fabrizi era in cucina alle prese con uno spaghetto alla carbonara da leccarsi i baffi e aveva Soralella nelle orecchie che gli rimproverava d'aver messo troppa pancetta.

Vittorio Mezzogiorno, alla notizia dell'arrivo di Troisi, pianse. Era in splendida forma Mezzogiorno, bello e aitante, umile e radioso: "Ho qualcosa da dirgli, ma c'è tempo, c'è tempo, qui c'è tanto tempo".

Dalla nuvola della musica scesero alla rinfusa, Claudio Villa e Kurt Cobain, Piero Ciampi e Luigi Tenco, Demetrio Stratos e Dalida, Rosa Balistreri e Sid Vicious, Yves Montand e Mario Musella.

"Ci tratteniamo qua stasera, vogliamo aspettarlo, abbiamo i saluti di tanti altri che non ce l'hanno fatta a scendere..."

Vittorio De Sica aveva preparato la regia dell'arrivo di Troisi ed era nervoso perché le prove non andavano come voleva lui. "Riproviamo e metteteci più impegno, mi raccomando," disse rivolto a Gianni Agus, Sbragia e a Francofranchi.

"Maestro, stasera è festa, siamo troppo euforici, ci dovete capire."

Ugo Tognazzi in tenuta da conte Mascetti andava avanti e indietro e ripeteva: "No, Troisi no, non è possibile... Se arriva pure Troisi, a quelli laggiù chi cazzo gli rimane? No, non è possibile, secondo me è una balla, uno scherzo di cattivogusto, ma avete verificato bene?".

"C'è un'Ansa," disse Vittorio Caprioli.

"Hai sempre voglia di scherzare, Vitto'... piuttosto, è pronto il caffè che mi sento ancora mezzo addormentato?!"

Pasolini stava vedendo *Ricomincio da tre* insieme a Visconti, Germi e Blasetti; commentavano e ridevano, fumo e gomitate, un bianchetto per compagnia.

"Siamo pronti, sta per arrivare," disse Peppino De Filippo, chiamando alla carica tutti i maestri del cinema e della commedia all'italiana.

Erano tanti, s'affollarono contenti e commossi, sembravano tanti ragazzi che avevano marinato la scuola, bugiardi e incoscienti, teneri e appassionati, di ogni età, peso, regione, fratelli, amici, colleghi, nemici, rivali, più bravi e meno bravi, vispi, gai, sorridenti, tristi, imbronciati, dispiaciuti eppure felici, s'accalcavano, guardando De Sica per le ultime disposizioni.

In sottofondo si sentiva una musica magica, il tema di *C'era una volta in America,* ed ecco affacciarsi sornione anche il grande Sergio Leone.

C'erano quasi tutti. Si alzò il sipario e Troisi, timido e impacciato, li guardò in faccia uno per uno e disse: "SCUSATE IL RITARDO!".

Annamaria piena di grazie

Annamaria piena di grazie.

Annamaria piena d'amore.

Annamaria paroleparole e non c'è mai nessuno che ti sta a sentire.

Annamaria fa caldo in ospedale.

E ancora di più stamattina, 'sta maledetta mattina di finegiugno, non c'è aria, non c'è niente, non c'è speranza, ma tu stai lì, vicino a lui, vicina a Lello, Aids conclamato e non parla più, e tu paroleparole ma lui che fino a ieri ti rispondeva ora non parla più.

Gli tagli una pescagialla ma lui non mangia più, gli sciacqui il viso, gli dai una pettinata ma lui non parla più.

E insieme avete parlato tanto, e di questo e di quello, di sogni e speranze, casini e bugie, famiglie e confusioni, e alla Fiera della casa lui ti raccontò che aveva pure ordinato la cameradaletto, perché aveva deciso di andare a vivere insieme a Laura.

Poi successe il fatto. E stop a questo. E stop a quello.

E blocca questo e rimanda quello.

Annamaria piena di grazie.

Annamaria che vai a chiamare l'infermiere.

Annamaria che t'assenti cinque minuti, cinque maledetti e lunghi minuti.

Annamaria madre addolorata, che poi quando torni non lo trovi più.

Un salto in giù. Oltre la finestra. Oltre il caldo, la malattia, la stanchezza, la sofferenza.

Annamaria che quando poi capisci lanci un urlo che ti si strozza in gola.

E i parenti degli altri malati attorno a darti coraggio e perfino l'infermiere c'ha gli occhi pieni di lacrime e bestemmia.

Bestemmia la vita, bestemmia la morte.

E la pescagialla è rimasta lì, su quel comodino grigio, insieme all'acqua di Fiuggi, un fazzoletto pulito, la busta col pigiama, le pantofole nuove e la "Settimana enigmistica".

Annamaria questa è la vita, fa così, a volte peggio.

Almeno lo salutavi, gli davi un bacio a quel bacchettone che hai cresciuto per 28 anni, una vita intera.

E ti saluta così. Ma forse lo ha fatto per non farti penare più, avanti e indietro in questo ospedale e lui sapeva quanto tu li odiassi gli ospedali.

Un lenzuolo addosso. Non te lo lasciano vedere, vedi solo il lenzuolo.

Poi più nulla, il resto sono ricordi, date, ricorrenze, fotografie, bagni a mare, serate, notti di natale, giochi, befane, telefonate di fidanzate, liti, discussioni, cazzotti, pugni nello stomaco, nottate e amarezze.

Annamaria che ti rimane? 56 anni, un corpo sfatto, un volto tumefatto da questa vita sciagurata.

Un lenzuolo addosso a Lello. Un lenzuolo e nulla più.

Almeno mettetegli una coperta, che se sente freddo non lo può manco dire.

Annamaria piena di grazie, un figlio solo, ricordo d'amore e tuo marito se ne andò in una notte che pioveva forte.

Annamaria una vita passata a ore, ad aiutare e lavare le scale e palazzi e scale e palazzi, e "fin quando avrò forza lo farò...".

Annamaria Gregorypeck, Annamaria Tyronepower e tu signorina che correvi verso la vita e in bocca avevi tutti i denti e su una foto con sullo sfondo Castel dell'Ovo lui ti scrisse: "A mia moglie per sempre, con amore infinito tuo Pino".

Questa è la vita Annamaria, Annamaria e fino a quando il tuo cuore batterà la dovrai onorare, aiutare, alimentare.

Anche se finirai in una delle tante ville magnolia o ville dei platani, case di riposo per anziani, anche se ti rincoglionirai, se ti piscerai sotto, anche se finirai su una panchina di un triste parco di periferia, sola, a consumare la tua terzaetà, ricorda ancora Gregorypeck e Alanladd e Tyronepower e il tuo Lello, Lelluccio che per mangiare ti faceva penare, ricorda la foto del tuo Pino, la pioggia che cadeva giù, i tuoi vent'anni, i tuoi sogni, la tua camera da letto, il piumino per spolverare, la vestaglia della tua primanotte, l'amore e il dolore.

Questa è la vita ANNAMARIA.

Canto per te

Canto per te, per te che mi fai fumare e col capo alzato mi fai guardare le stelle, canto per te, notte carogna, che avvolgi la mia tristezza e la illumini con le tue fiammelle per svergognarmi, mettermi a nudo, ostacolarmi...

Canto per te, silenzio umido e silenzioso che di notte prendi il posto della salsedine e cancelli i miei pensieri regalandoli poi al sonno, sonno estivo che arriva e mi trova stanco, sudato, scassato dal sole, da questo sole inquisitore che con le sue spade m'ha trafitto i pori e m'ha lasciato arsura sulle spalle e tutt'intorno...

Canto per te, amico mio, amico che non ci sei più, affogato dentro un whisky o nella noia di un vivere stancante, travolto dall'età, forse dal cuore o dalla vita...

Mi fa compagnia una stupida televisione erotica e mi ritornano alla memoria le tue risate, i tuoi commenti, i tuoi sorrisi, la nostra incoscienza. Vorrei cancellare il cielo con una spugna, vorrei far tacere questo juke-box nella mia mente, vorrei essere altrove, lontano da questo niente salato, da questa brezza sibillina, eppure son qua, perso in questa vita balneare e canto per te...

Canto per te, amore mio,
amore sudamericano,
di Vienna o algerino, di Nizza o Barcellona,

amore tatuato dal mio sperma capriccioso o da un virus impazzito, da fette di melone che bagnano la pelle e leniscono un dolore che viene da lontano...

Amore crocifisso a una stupida parete fra oggetti senz'amore, arnesi da cucina, amore arenato all'improvviso eppure avevi olio nel motore e non c'era sabbia attorno a te...

Canto anche se non c'è più hashish fra di noi, non c'è Calvino, Gadda o Pasolini, ma nonostante tutto canto in questa notte anonima e bugiarda che senza alcol mi fa parlare anche se non c'è nessuno ad ascoltare...

Canto per te, amore clandestino, che offendi questo materasso e lasci le tue tracce attorno a me, facendo danzare il tuo sorriso camuffato sulle mie cosce, sulla tua mano, nel segreto buio del tuo portafoglio vuoto...

Canto per te, fratello mio, che nei polmoni hai troppo fumo, troppa acqua nel tuo stomaco innocente, ti guardo e vedo la malinconia di una vita che prima prometteva, poi ha imbrogliato le carte ed è scivolata via...

Quanti autunni dovranno venire, quante giornate grigie, sonnolenti e senzastoria, giornate che ti vedranno dormire nascosto da occhi altrui, forse pure dai tuoi...

Vorrei farti resistere per assistere a un film che ci riporti indietro a quando mi sgridavi vedendomi fumare, a quando non parlavi e nessuno ti capiva, a quando di mattina presto ce ne andavamo al mare; ora il mare ce l'ho qui, di fronte a me, stanotte fa i capricci e non vuole dormire, eppure è un mare che non mi dà felicità, non c'è sabbia per i miei castelli, non c'è ritorno a casa che ci stanchi abbastanza...

Forse in due conosciamo un milione di parole, ma non ce ne diciamo due, una sigaretta fra le mani che ci fa sentire vivi, le grida dei bambini, poi più niente che ci faccia vibrare, nessuna canzone che ci faccia cantare anche se io stanotte canto per te...

Canto per te, ragazzo mio,
che stai a fare i conti con la vita,
non c'è più smalto sui tuoi denti bianchi,
c'è un filobianco fra i tuoi capelli chiari,
i piedi sono sempre quelli, e quelle le mani, le cosce e le tue spalle.

Sono cambiate le paure, ora parli di meno, qualche volta ascolti, ti perdi in una stella sbarazzina che ti fa volare oltre la noia e ti fa ammutolire...

Canto per te, alba di luglio, che hai portato via sonno e zanzare, che riconsegni il giorno a chi è normale e senza guardare intorno riprende a sbraitare, vendere e comprare, sparare e imbrogliare.

Cancellali, ti prego, torna domani, mi troverai seduto in faccia al mare, ho ancora il torsonudo dei vent'anni, anche se a volte sai, mi scricchiola la schiena...

Canto per te, bambino del Ruanda, che col tuo sguardo triste turbi il solleone di Capalbio, la quiete della gente di Cortina e il gran chiasso dei tamarri giù in Riviera...

Mi ritorni in mente anche se schiaccio il telecomando, riaffiori nello spaghetto a vongoleveraci e improvvisamente divento tua madre, tuo padre, i tuoi biscotti Plasmon, la tua Nipiol, filetti di merluzzo e bastoncini Findus, divento il tuo pediatra, il tuo nido, la tua scuola, il tuo ospedale, benda per i tuoi occhi, per coprirli, per farli riposare, e non vedere tutto l'orrore che ti gira intorno...

Vorrei fermare la tua dissenteria ed essere la tua carta di credito senzafine, vorrei essere il tuo atollo alle Maldive, il tuo Charlot, Totò o Tatì e farti ridere tuttalanotte, fino a mattina... Essere il tuo cameriere e su un vassoio d'argento portarti spremute di tutto, pure di me stesso, vorrei essere il tuo babbonatale, la tua befana, la tua Disneyland, il 25 aprile, il 1° maggio, il mare calmo della sera, la tua pace, la tua Traviata e poi Manon Lescaut, il tuo ultimotango a Parigi e il tuo ladri di biciclette, Edith Piaf che canta le foglie morte, il tuo Placido Domingo, Muti, Abbado, Bernstein, vorrei essere Nureiev e Fracci tutt'insieme, un solo corpo e insieme fragola e pistacchio, vaniglia e cioccolato, la tua Turandot, Filumenamarturano, sabato domenica e lunedì e poi la tua donnacannone, la tua via paolo fabbri 43, Louis Armstrong, e poi michelle, get ready, i tuoi Sexpistols, Pinkfloyd at pompei, il tuo orgoglio, il tuo sogno e invece in silenzio abbasso la testa,

io che sono solo la tua vergogna...

Novembre

Novembre affogato. Novembre alluvionato. Novembre bagnato da canzoni di una radio che attraversa le vie della periferia con la voce di Mina che taglia l'aria e canta: "Amore amore amore, amore amore...".

Novembre che t'annulli aspettando il mitico natale, novembre di passaggio, novembre da stare chiusi in macchina e girare, fumare coi finestrini chiusi e farsi ore e ore persi tra piazza Dante e via Roma, quando va bene, sbirciando vetrine proibitive mentre la radio continua a mandare: "Amore amore, amore amore, amore amore amore amore...".

E Annamaria è persa dietro il suo ritardo di sei giorni, non ha occhi per le vetrine, né per il suo fidanzato che cupo abbassa lo sguardo e guida, barba di tre giorni, giubbotto di pelle e per spezzare il niente di una sera umida e impossibile armeggia con lo stereo e ancora: "Amore, amore...".

Non lavora, Ciro, e i suoi 27 anni sono belli da consumare, spendere e da ridere e Annamaria non sa che fare, non sa che dire, è sempre stata con la paura del ritardo e ha sempre desiderato di rimanere incinta ma così no, senza matrimonio, senza casa, senza lavoro, con tutto il bene che lei vuole a Ciro, ma così no.

E s'è messo pure novembre.

E Ciro non parla, non può parlare, vorrebbe, ma non sa, non può.

E al suo posto fa parlare la musica. Ma non basta.

E nella macchina fredda si sente il respiro di Ciro e la voce di Mina, mentre Annamaria ha acceso un'altra sigaretta e "accompagnami a casa, sono stanca, non ho voglia di girare a vuoto".

Le raffiche di niente muovono insegne e aggiungono desolazione ai tristi e anonimi colori del parco Icesnei di Miano, dove abita Annamaria.

"Ci vediamo domani." Un bacio, e gli occhi che evitano di guardarsi, di specchiarsi, per non rispondersi, per non parlare, per evitare, per fuggire.

Fuggire da una sera come tante, fuggire da un asfalto freddo, fuggire da pozzanghere annunciate, dai bianchi neon che si riflettono nell'acqua e specchiano panni stesi e corredi di bambini emaciati e condannati.

Scappa, Ciro, prima seconda e terza, via, amore amore amore amore, sgomma, fuma, canta, urla da solo in quest'abitacolo che ha visto troppe rinunce e troppi silenzi, troppe sigarette e troppi rospi da ingoiare, troppi conti da fare, troppi finemese da aspettare, troppi calcoli, troppi ritardi, troppi "trattieniti", troppi "sta' attento, ti prego, non mi tradire". E scappa e piange Ciro, che non sa che fare in questo novembre da passare, da dimenticare. Nella notte napoletana a Ciro restano solo facce e persone che schizzano via veloci, ritardatari, edicole notturne, perditempo, sfaccendati, balconi chiusi, gente al caldo, famiglie riunite attorno a un tavolo o a un televisore. Gli monta la rabbia di sempre e i suoi 27 anni non realizzati gli pesano e gli fanno male e stasera non ha voglia di quartiere, di ritornare a casa, di rivedere i suoi, i silenzi e la puzza della notte di periferia, non ha voglia di spararsi un film americano, di far finta di niente, non ha voglia di vedere la sua cena pronta e coperta in cucina, specchiata in quelle mattonelle gelide e rabberciate... Ha voglia di amore Ciro, ha voglia di parlare, gridare, urlare, farsi attraversare dalla pioggia, dal vento, dal gelo, farsi sconfiggere...

Ma non può, sa che Annamaria a casa sua ora è in bagno e si cura i suoi anni e i suoi affanni prima di andare a letto, ripetendo gesti di sempre, da sempre, sognando Ciro e aspettando di sposarlo.

E Ciro vorrebbe tirarla fuori da quella tana, da quel rifugio, dai suoi che s'incazzano e basta e non capiscono e non parlano e lei accusa e tace e silenzi, polvere, tappeti da spazzolare, letti da rifare... E Mina a tutto volume le grida: "Amore amore amore...".

Da sola nel suo letto Annamaria, da solo Ciro nell'indifferenza di una metropolipaese, vuota, scarna, pocaroba, senza esplosivo, senz'amore, di giorno occupata a controllarsi, di notte a riposare, mentre la vita è altrove.

Da una cabina pisciata e imbrattata alle 3 meno un quarto di notte Ciro, fatto di campari e birra, occhirossi e disperati, telefona ad Annamaria che risponde al primo squillo.

"T'ho svegliata?"

"No, non stavo dormendo..."

Silenzi. Notte. Una voce che chiede: "Chi è?".

"È per me," dice Annamaria.

"A quest'ora si dorme," risponde sua madre.

"Mo' attacco," sussurra Annamaria, mentre Ciro dalla sua cabina fetente le fa arrivare il suo stereo a tuttovolume e una voce splendida che canta: "Amore amore amore amore...".

È tutto quel che ha e glielo spande addosso.

"Vienimi a prendere," gli grida Annamaria, "ti voglio."

Si rimette i suoi jeans troppo stretti e si rituffa nella sua maglia beige dolcevita.

L'alba li trova abbracciati. Vestiti. Muti. Dalla radio Janis Joplin canta *Me and Bobby McGee.* Non sanno che dire.

Il nuovo giorno non ha una risposta per loro. Gli resta solo il loro amore...

Lo Sbandato

Jimmy entrò al Carillon per dimenticare.

Era quasi mezzanotte. Fuori pioveva e dentro c'era un'atmosfera nientemale. S'avvicinò al banco, e chiedendo un cubalibre chiese al vecchio Tom se per caso avesse notizie dello Sbandato.

"È passato un paio d'ore fa, era con certa gente che non ho mai visto."

Jimmy buttò giù il suo drinknientemale e andò dall'altra parte del locale dove attorno a un tavolo verde si andava giù pesantemente.

Un ragazzo alto, scuro, lo avvicinò e gli spiegò che forse era meglio allontanarsi perché la tensione al tavolo era abbastanza alta, roba di decine di milioni. Jimmy passò allora per la discoteca di sotto e andò a sgranchirsi un po' le gambe tra i Rem, Youssou 'N Dour, Arrested Development, Ice T, la Carey.

Mimmo di Montediprocida gli offrì un tiro di coca al volo e poi dopo un altro drinknientemale gli propose di fare un salto a Varcaturo, al Bellablu.

Jimmy disse che aspettava delle persone e che forse avrebbe fatto un salto più tardi.

Era la Rimini napoletana, la riviera flegrea, che da Pozzuoli, Bacoli, Baia, Lucrino, Fusaro, Licola, Varcaturo fino a oltre il Villaggiocoppolapinetamare pullulava di notte, di locali, discoteche, ristoranti, pub, piano-bar.

Si tirava tardi al ritmo della nuovissima musica,

s'intasava la tangenziale, i motel del ritorno all'alba, manco fossero notti di veglioni.

Era un semplice sabato, sabato italiano, un po' napoletano, sabato strippato, e con l'ecstasy era tutto più facile, più veloce, più bello. Poi c'era la domenica per dimenticare, per dormire, per riprendersi, dai fumi e dallo stordimento.

Tutta la città che faceva notte si riversava da quelle parti e l'hinterland che veniva fuori per la sua notte di gloria e passione, da Giugliano, Villa Literno, Mugnano, la circonvallazione, il casertano, confluiva sulla "rive gauche" all'ombra della solfatara e non solo. Era uno strano mixaggio di facce, colori, parlate, dialetti, rossori, bollori, look, sguardi, eros, arrapamenti, abbordaggi, scopate, slinguate, toccate.

La città non aveva più confini. Ormai Napoli non finiva più.

Cominciava in provincia di Caserta e finiva oltre il beneventano.

La notte aveva allungato la città. L'aveva resa più unita, più vicina, più tollerante, più amica, più sorella.

La musica aveva allungato la città. Le aveva dato propaggini, tentacoli, mani, piedi, braccia, occhi profondi.

Il sesso aveva umanizzato la città. L'aveva preservata da un rinchiudersi a riccio su se stessa, dentro le mura, contandosi, schedandosi, annotandosi.

La notte, la musica, il sesso avevano fatto scoppiare la città. Come in un carnevale.

Hassad, che faceva il buttafuori lì al Carillon, conosceva bene Jimmy.

Jimmy sapeva che al Carillon non volevano storie di droga.

Hassad sapeva che Mimmo di Montediprocida era sempre fornito di coca e sempre rissoso. Hassad nel cesso sorprese Mimmo e Jimmy che pippavano e stava per succedere un casino. Jimmy lo fermò.

Mimmo prima di andar via minacciò ferocemente l'arabo.

L'arabo gli disse: "Tu qua non ci entrerai più".

Fuori pioveva a dirotto. Jimmy se ne andò al banco a schiattarsi un altro cubalibre e passò nella saletta rosa dove cominciava la performance di un sassofonista cubano.

Aveva già dimenticato la storia di Hassad, della coca e del gigione Mimmo. Non aveva voglia di farsi intossicare il sabato notte, visto che già la sera gli era andata storta con l'appuntamento mancato all'ippodromo con lo Sbandato. Infatti Jimmy era entrato al Carillon per dimenticare e allontanare da lui strani presentimenti.

Lo Sbandato stava nei casini per via dei soldi. Soldi che non aveva. Soldi che s'era fatto prestare e adesso i "cravatta" andavano giù pesante con minacceminacce e "vedi di non farci arrabbiare veramente, se no un tuffo in una colata di cemento non te lo leva nessuno".

Lo Sbandato aveva 35 anni portati malissimo, il vizio delle carte ed ettolitri di alcol sparsi fra stomaco e fegato. Da quando la moglie l'aveva lasciato per non sopportare più i suoi debiti e le sue seratenottate passate a giocarsi tutto a carte.

Perfino la televisione si giocò. I bambini a piangere perché non potevano vedersi i cartoni e lui a promettere: "Papà ne compra un'altra più bella...".

Ormai erano storie tutte uguali. La moglie prese i due bambini e "ora sono cazzi tuoi".

Nel giro di cinque, sei mesi i suoi primi dieci milioni di debito diventarono circa cinquanta. Lo Sbandato sapeva di avere le ore contate.

Quelli che gli avevano fatto credito contavano sul suo stipendio di ausiliario ospedaliero. Poi le cose s'erano complicate al punto che gli strozzini andavano direttamente a incassare il suo stipendio. Poi pure il posto andò a puttane e lo Sbandato ormai era braccato e si nascondeva. Per circa un mese aveva alloggiato in una villetta a Castelvolturno presso un suo conoscente di cui nessuno sapeva niente. Poi pure il conoscente s'irrigidì e per lo Sbandato fu nottenera.

Telefonò a Jimmy disperato.

"Calmati," disse Jimmy. "Calmati e vediamo che si può fare."

"Non mi abbandonare, ti prego, Jimmy, non mi abbandonare."

"Dove ti trovi adesso?"

"Dalle parti della Domiziana... stasera se vuoi posso venire a Napoli."

"Ci vediamo allora alle 8 fuori dall'ippodromo."

"Ti voglio bene Jimmy... sei un amico, un vero amico."

Erano molto amici, Jimmy e lo Sbandato. Jimmy gli era stato molto vicino quando la moglie lo aveva lasciato. Non aveva molto da dargli, ma quello che poteva fare per lo Sbandato lo faceva col cuore. Mai lo Sbandato aveva chiesto soldi a Jimmy. Un po' perché sapeva che Jimmy non ne aveva, un po' perché non voleva che la loro amicizia fosse annacquata da cose d'interesse. S'erano conosciuti in ospedale. Jimmy era ricoverato per una polmonite. Diventarono amici perché lo Sbandato lo sorprendeva a fumare di nascosto. E non lo diceva ai medici. E i medici non si decidevano a dimettere Jimmy. E tra una scusa e una copertura, tra il rifare il letto e una partita a carte, erano diventati amici. Lo Sbandato, poco alla volta, gli raccontò le sue cose, la sua storia, i suoi problemi, i suoi affanni. Jimmy s'incantava al solo sentirlo parlare. Ma non aveva mai giudicato. Suggerito, sì. Di fare attenzione ai debiti, agli strozzini, di non fidarsi. Tutto inutile. Perché Jimmy, mese dopo mese, notava l'abbandono sul viso dello Sbandato, la sua nonvoglia di reagire. Si faceva ormai trasportare come da un fiume in piena. E anche se si riprometteva di ascoltare gli affettuosi consigli di Jimmy, puntualmente si lasciava andare. Poi, nel periodo di maggior casino, evitò pure di farsi vedere da Jimmy. E se questi lo cercava, lui glissava. Muto. Silenzioso. Aveva solo voglia di starsene nascosto. Sapeva che il tunnel era lungo, sapeva forse che nessuno poteva realmente dargli una mano. Nessuno tranne Jimmy.

Quella sera Jimmy aspettò fuori dall'ippodromo fino alle 9.

Dello Sbandato nemmeno l'ombra.

Si fumò una decina di sigarette e alle 9, capito ormai che lo Sbandato stava in qualche casino, s'avviò verso Mergellina, anche per allontanare da sé cattivipensieri. Quando poi Tom al Carillon gli disse d'aver visto lo Sbandato appunto nel locale verso le 10, Jimmy un po' si tranquillizzò.

Sapeva almeno che fino a quell'ora lo Sbandato era ancora vivo.

Un tempo era stato pure sereno, lo Sbandato.

Per quello che può essere sereno uno cresciuto come lui, che non aveva conosciuto il padre, che aveva diviso con altri fratelli una stambergacasa, con dei pannelli divisori, messi lì a spartire le camere che non c'erano e il malaffare di sua madre che, ritrovatasi sola coi piccolichiodi da sfamare, altro non poté fare che vendere quella sua pancia rotonda, quei suoi fianchi larghi e la sua boccainfuocata.

E quante volte lo Sbandato aveva visto sua madre intenta a sbocchinare quello di turno e, come in un gioco proibito, i suoi occhietti da dietro il pannello affondavano la vista e la offendevano, e già da piccolo Tonino, che non era ancora lo Sbandato, dovette capire, sopportare e ingoiare salivamara. In silenzio.

E quante volte, dopo che quello di turno se n'era andato, lui veniva fuori dal pannello e andava a consolare sua madre, che con gli occhi abbassati gli diceva: "Uè, ma che fai? Non stavi dormendo?".

E toglieva i soldi che quelloditurno le aveva lasciato sul comodino.

Si dava una ripulita e poi lo mandava fuori, dal salumiere, a comprare questo e quello e ci scappava sempre la bellacosa per Tonino.

Non aveva ancora 16 anni Tonino quando lasciò casa sua e se ne andò a Roma, a fare marchette sotto la stazione. Aveva addosso l'odore dei cessi e dello sperma, gli occhi rossinfuocati ma ancora la sua bellafaccia e i suoi capellinerineri.

Poi fu tutto un susseguirsi di scippi, piccolerapine fino a un furto con scasso che gli fece conoscere Reginacoeli. E un suo compagno di cella che lui venerò. E quando Fabrizio uscì, si promisero che si sarebbero cercati. E trovati. Fabrizio, sposato e padre di tre figli, uno scasso alla periferia estrema della capitale. Una moglie poco affidabile e una bella sorella, Cecilia. Fabrizio s'accorse che Cecilia e lo Sbandato si filavano e fu contento, però gli disse: "È l'unica sorella che c'ho. Se metti testa, bene, se no lascia perdere. Perché noi siamo una brutta razza. Noi siamo già condannati".

Lo Sbandato aveva ormai 24 anni e con Cecilia ritornò alla vita. Per poco.

Poi ricominciarono i casini. E Fabrizio non lo poté aiutare perché era ritornato in gabbia. Fu allora che se ne ritornò a Napoli dove qualcuno gli aveva promesso un posto di portantino in ospedale. Cecilia gli prestò i cinquemilioni che gli avevano chiesto per il posto. Nel frattempo era nato il pupo e con qualche sorriso, qualche casino, litigata, pace, abbracci e voglia di ricominciare tirarono avanti quello che poterono. Fino all'alcol, ai debiti, alle nottate fuoricasa a giocarsi tutto a carte. Fino a quando poi Cecilia, resasi conto della situazione e visto che ormai la sua vita era solo un inferno, senza gioia e senza sesso, senza speranza e senza più amore, lo mollò. E per lo

Sbandato la vita s'accorciò. Perché Cecilia era il suo braccio, il suo piede, il suo collo, a modo suo il suo amore. Ma era tardi. E lo Sbandato tutto questo non glielo aveva mai saputo dimostrare. Solo assenze e violenze. E basta.

Lo Sbandato dopo la telefonata a Jimmy era inciampato.

Inciampato e trattenutopresosoffiato da due brutticeffi mandati dal "Console" a cui doveva un trentino. E non noccioline.

I due bravi lo fecero salire su una Golf bianca schizzatidiretti verso la città.

Lo Sbandato a imprecare e dire, promettere e giurare che aveva appuntamento quella sera alle 8 con un amico, tale Jimmy, che gli aveva promesso d'aiutarlo.

A casa del "Console" lo Sbandato fu sistemato a calci e cazzotti nello stomaco, e siccome lui insisteva su questo "Jimmy" i due lo accompagnarono al Carillon dove presumibilmente avrebbero potuto trovare Jimmy, visto che ormai l'appuntamento all'ippodromo era saltato.

"L'ho visto abbastanza disperato," disse il vecchio Tom a Jimmy.

"Mi voleva? Non t'ha detto altro? Non t'ha detto per caso dove andavano? Se dovevo cercarlo in qualche posto?"

"Forse non hai capito bene... secondo me tu eri l'ultimaspiaggia per lo Sbandato... Per me quelli lo stavano marcando da tempo... nella rete lui già c'era da parecchio."

"Questo lo so... m'ha chiamato nel primo pomeriggio... ci dovevamo vedere alle 8 stasera all'ippodromo... ha detto che si trovava dalle parti della Domiziana."

"Secondo me l'hanno conciato benebene... mi dispiace per lo Sbandato... in fondo non è mai stato cattivo... prima la moglie, i debiti, l'alcol..."

Jimmy si fermò a parlare con Hassad all'ingresso del locale.

L'arabo gli disse che lo Sbandato era con altre tre persone a bordo di una Golf bianca targata Reggio Emilia. Erano usciti sbraitando, gesticolando e additando lo Sbandato che a testaabbassata era salito in macchina e poi sgommando la Golf era ripartita.

"È finita," pensò lo Sbandato, lì nella macchina in mezzo ai due che lo marcavano stretto. E i suoi occhi si persero nelle luci che si tuffavano a mare, nella miriade d'insegne di ristoranti, pub, locali; si persero nelle lacrime che gli scendevano sebbene lui facesse di tutto per tenersi su, per resistere, per mantenere la sua dignità. Aveva ormai capito che non trovando Jimmy, i tipi non gli avrebbero più concesso alcuna opportunità. Del resto era tempo che lo stavano braccando. E la sua latitanza li aveva fatti innervosire. Certo per loro era importante recuperare i soldi. Ma soldi non ce n'erano. Lo Sbandato era cotto. E poi chi era questo Jimmy? Che aveva? Che poteva fare? Perché perdere altro tempo?

"È finita," pensò lo Sbandato vedendo che la Golf s'avventurava per una strada che lui sapeva che non portava da nessuna parte.

Quella strada non la prendeva più nessuno. Aveva un aspetto cupo, di abbandono, morte, desolazione.

Mimmo di Montediprocida era al Bellablu di Varcaturo. Era l'una e mezzo di notte e Mimmo era strafatto di coca. Il dj aveva mandato *Radio Ethiopia* di Patti Smith.

Entrarono due arabi accompagnati da due fighesenzafine. Mimmo subito puntò gli occhi su quella biondabellaealta.

Occhi che scavavano, turbavano, imbarazzavano

fino a quando uno dei due arabi gli s'avvicinò e furono cazzotti e calci.

I presenti cercarono di calmarli, dividerli, ma fu tosta. Dopo qualche minuto alcuni vigilantes aiutati dal buttafuori riuscirono a fermarli e a cacciarli dal locale.

Mimmo ce l'aveva con gli arabi, arrivati qua in cerca di lavoro, loro che di lavoro non ne volevano sapere. "Siete tutti ladri e magnaccia... tornatevene al vostro paese... guarda quelle due ragazze come sono tenere e belle per quei due animali senza scrupolo."

Da Qualiano arrivò anche una volante dei carabinieri, proprio quando al Bellablu stava per scendere Jimmy, che ormai senza speranza aveva lasciato il Carillon.

Ormai erano le due passate. Un sabato balordo e dello Sbandato non c'erano notizie.

Gli agenti chiesero i documenti pure a Jimmy che con stupore ripeteva: "Guardate che sono appena arrivato... ancora debbo scendere...". Poi riconosciuto Mimmo, s'avvicinò per salutarlo e chiedere cosa fosse successo.

"Dove ci sei tu ci sono i casini," disse Jimmy ironico a Mimmo.

Nel frattempo arrivò un'altra volante. Furono caricati tutti, i due arabi, Jimmy, Mimmo e le due fighesenzafine. In caserma a Qualiano.

C'era agitazione in caserma, perché non distante da lì avevano trovato il corpo di un uomo sulla quarantina. In una strada secondaria e abbandonata che da Qualiano portava un tempo al Lagopatria. Una strada ghetto occupata da baracche di extracomunitari. Catapecchie di lamiera, di pietra, di legno. Roba da starci male.

In uno spiazzo dietro una di queste baracche avevano trovato il morto. Aveva telefonato un senegalese.

Jimmy chiese a uno degli agenti se sapessero le generalità del morto.

"Niente... sfigurato e senza documenti."

Jimmy si sedette sulla panca di formica verde lì, in quella caserma di paese, e gli occhi gli diventarono di fuoco, brillanti, lucidi.

Era convinto che quello fosse lo Sbandato.

"Che ci facevate voi al Bellablu?" gli chiese il maresciallo.

Jimmy era come assente. Fissava il vuoto lasciando che la sigaretta gli si consumasse tra le mani. Il maresciallo lo strattonò come per farlo riprendere da un antico sonno, da una meraviglia.

Intanto i due arabi, chiarita la loro posizione, stavano chiedendo ai due agenti di essere riaccompagnati dove avevano la macchina.

"Magari vi offro pure un whisky, che dite?" disse ironico uno degli agenti.

"Ci vogliono due macchine," intervenne Mimmo, "perché io con certa gente non ci vado."

Stavano per riazzuffarsi. Arrivò la prima macchina che caricò i due arabi e le due fighesenzafine e li riaccompagnò a Varcaturo.

"Allora... si può sapere che ci facevate voi al Bellablu?" chiese di nuovo il maresciallo a Jimmy.

"Niente di particolare... ammazzavo la noia e la notte... e poi speravo d'incontrare un amico che aveva bisogno di aiuto... Si chiamava Tonino, ma tutti lo chiamavano lo Sbandato..."

Un amore salato

Sei la più bella del mondo fu la colonna sonora della loro estate.

Estate fatta di cornettialgida estate non finire mai un cuore di panna, di canzoni al lido, canzoni del Festivalbar, sammontana gelati all'italiana, stecco ducale al caffè e un bacio sotto l'ombrellone per raffreddarci i piedi dalla sabbiabollente.

La casa fittata al mare sul litorale domizio, il juke-box che martella sul lido a più non posso, gli zainetti con le cose di mare, i walkman con la serenatarap di Jovanotti e la loro primavolta, dietro la discoteca arrangiata alla meglio dal lido Tahiti, Polinesia lontana e chissà dove sta, se ci si arriva col treno, coll'aereo, nave e quanteore, boh, chi se ne frega, stiamo bene qua su questo lido che mi rimarrà nel cuore...

"Così stanotte voglio una stella a farmi compagnia..." cantava Bosè dal juke-box e nell'abbraccio stretto forte e appassionato carnale i due ragazzi si scambiavano tutto quello che avevano, complici le migliaia di stelle, il cielo neronero, il sapore dei cornetti fra le labbra. Era un luglio caldissimo che sembrava non finire mai.

Tommaso e Alba si erano conosciuti all'inizio del mese, vicini d'ombrellone, e un giorno che erano andati a nuotare arrivando alla boa al largo, la madre di lei la schiaffeggiò davanti a lui: "Ti ho detto cento volte che non ti devi allontanare".

Era già donna, Alba, ma sua madre non lo capiva. Fu allora che lui la vide piangere la primavolta.

Alba aveva 15 anni ed era bellissima. Alta, capellilunghineri, un sorriso meraviglioso. Indossava un costumenerounpezzo che le fasciava quel corpo sinuoso mettendolo ancora di più in evidenza.

La ragazza avrebbe voluto non piangere davanti a Tommaso, non farsi vedere, ma il pianto fu più forte di lei.

Andò sotto la doccia e Tommaso la raggiunse: "Non te la prendere, dai, i grandi sono così, non capiscono...".

"Gliela farò pagare, lo giuro," disse Alba e si fece attraversare dal getto d'acquafredda della doccia.

Lui la guardava estasiato, quella ragazza era perfetta, e stava là con lui, forse per lui, per quell'estatedifuoco e menomale che erano capitati vicini d'ombrellone i due ragazzi, puliti, 15 anni lei, 17 lui, 32 anni in due, come 32 erano i loro bellissimi denti, bianchi di smalto, senza nicotina e senza cattiverie.

In quella nottestellata nella discoteca Tahiti, quattro canne recintate e un dj d'occasione, i due ragazzi si baciavano scambiandosi tutto il mare che avevano dentro, il loro sapore di alghe, i loro occhi luminosi e le sopracciglia schiarite da una salsedine compagna; e quando capirono che quello era il loro momento s'appartarono in uno spiazzo di erba e sabbia che costeggiava tutta la discoteca.

Tommaso s'accorse che Alba tremava tutta e allora la tirò a sé accarezzandola dolcemente, lì accampati, stesi su una stuoia di paglia che avevano trovato arrotolata da quelle parti. Sentivano le voci venire dal locale, qualche risata, le loro canzoni, le canzoni di quell'estate e intanto lei cominciava a non tremare più.

"Spogliami tutta," disse.

"Non ti preoccupare, quello che serve, può venire qualcuno..."

Intanto lui s'era sfilato i jeans e la sua pelle abbronzata lattecaffè contrastava col bianco del pube.

Sembrava che il mondo fosse troppo piccolo per loro, per contenere la loro gioia, la loro meraviglia, lo stupore, la contentezza. Alba e Tommaso avevano due corpi stupendi, un inno alla vita, alla gioventù, all'amore.

Si guardavano profondamente negli occhi, si sfioravano, si toccavano, vibravano, s'emozionavano.

Lui le infilava dolcemente le dita intorno al puberosa, lei gli massaggiava le palle e gli accarezzava quelle cosce nere, pelose e stupende. Erano entrambi inginocchiati, su di loro c'era la vita che li aspettava, lo sguardo critico dei grandi, le loro domande, i perché, le regole, le difficoltà, ma quella sera c'erano soprattutto migliaia e migliaia di stelle. La mattina dopo il mare era una tavolablu.

Alle 9 Alba era già in spiaggia con la famiglia.

Seduta sul bagnasciuga guardava il mare.

Entrando nel lido, Tommaso la vide e il cuore cominciò a battergli forteforte. Gli sembrava che tutti ora sapessero quello che era successo la notte precedente.

Era innamorato. Passò davanti al juke-box e digitò la loro canzone, poi, come un vecchio marpione si fermò sotto la capannina del lido a guardare lei, che s'era persa nell'orizzonte di quel giovane, fresco, salato, amore di luglio.

Appena le prime note si diffusero tutt'intorno, appena Alba riconobbe la loro canzone di scatto si girò e beccò gli occhi di Tommaso che la stavano scrutando, incrociò il suo magnifico sguardo, entrarono l'uno dentro l'altra, volando sopra le sdraio, gli ombrelloni e le incomprensioni dei grandi.

Di botto Alba si alzò e a bracciaperte corse da lui che l'abbracciò in mezzo alla spiaggia, davanti a tutti, e la baciò davanti a sua madre, ai bambini che giocavano, a secchielli e palette, cremesolari, abbronzanti, pedalò, asciugamani, occhi strani, curiosi, indifferenti, ruffiani, complici, malinconici, invidiosi, estasiati.

Guardarono il mare, quella stupenda tavolablu e andarono a tuffarsi e a nuotare fino alla boa, abbracciandosi, ridendo e dandosi dolci e appassionati baci salati...

Jumpin' Jack Flash

Vorrei avere un blues da piangere tutti i giorni e avere poi più tempo per guardarmi attorno e offendermi e mortificarmi per non sapere fare mai abbastanza per quelli che...

Vorrei avere per sempre *Let it be* nelle orecchie e Aretha Franklin come dirimpettaia, scambiare quattro chiacchiere al mattino con lei, con gli Eagles e chiedere magari come è nata *Desperado*...

Vorrei avere più tempo, più luce, più spazio, più sorrisi e non immalinconire alle prime luci della sera, insieme a quelli come me, contare quello che ci resta e fra spicci, unghie, smalto consumato, lacrime e graffi nella voce giocarci il cielo a dadi, l'indomani a tressette e un vecchio disco di James Taylor che ci riporta a una Carolina lontana e immaginaria...

Vorrei avere più estati tutte per me, sabbia bollente sulle mie gambe e bagnasciuga su cui poter camminare, parlando di cazzate, di questo e di quello, con un gelato che ci si squaglia tra le mani, mentre attorno a noi migliaia di bambini schizzano acqua cristallina e rena da ingoiare, per ritornare io stesso bambino, con un costume che m'andava sempre più grande, smesso da un fratello venduto a una moda di giornale o di televisione e noi a guardare, aspettando di diventare grandi per poter finalmente dire la nostra...

Vorrei avere tutte le mattine la colazione a letto

insieme con *Help* sofferta cantata amata da Tina Turner, di cui non saprò mai essere tifoso abbastanza, di cui non saprò mai tessere le lodi a sufficienza, di cui sono pazzamente innamorato e poi davanti a lei mi blocco e divento rosso come quando a 16 anni m'innamorai di Flora...

Vorrei essere di più un uomo da marciapiede, giocarmi di più questi anni ballerini, prendere, posare, andare, tornare, avere niente e poi magari averci tutto, avere un pullman che mi porti in Florida e spirare tra le braccia del mio più caro amico, vorrei essere sicuro di avere qualche amico e chiusi in una Buick d'annata fra cocacola e patatine e popcorn schiattarci risate e gioventù in un drivein del Missouri mentre Al Green ci regala *Let's stay together*...

Vorrei il canto di un sassofono in fondo all'anima e non avere più burocrati tra le palle, tristi impiegati dalla forfora cascante, grigi, brutti, arresi, senza sogni e senza musica nella voce, messi lì a giudicare, ciarlare, parlare, farsi passare le ore addosso, ore di straordinario, senza sapere invece quanto di straordinario ci possa essere in un'ora che passa per bene, magari con la testa rivolta in su...

Vorrei avere più autostrade su cui sfrecciare, tanti motel in cui fermarmi a bere e riposare e tante birre da tracannare e con la schiuma ancora sui denti seguire con lo sguardo una ragazza straordinaria che mi chiede amore...

Vorrei non avere più paure, per questo e per quello, di sopra e di sotto, cacciarle, allontanarle, tirarci dietro palle di neve e gridarci dietro affanculoaffanculopaure, e non avere nessuno a cui trasmetterle...

Vorrei ballare ovunque e dappertutto, di notte e di giorno, senza pasticche da buttare giù come uno stupidocoglione, stonato solo dal fratello ritmo che se vuole mi sa prendere come e meglio di qualunque trip e dopo quando vuole e se vuole mi fa alzare e mi ordina di ritornare in pista, con il mare che schiarisce tutt'intorno e gli anni che non pesano, né pesa la vita, il tormento, il dolore, l'ansia...

Vorrei averci tanti amici tra i piedi, tutt'intorno, a casa, sotto il portone ad aspettare e insieme inventarci nomi e compleanni, battesimi e matrimoni, anni da festeggiare, viaggi per cui partire e isole su cui nasconderci quando il mare diventa grosso e fa un po' paura anche a noi sgamati marinai dalla pellenera... Vorrei che Mick Jagger non diventasse mai vecchio e strappargli quella lingua splendida e maledetta che in un giorno un po' così ci regalò *Jumpin' Jack Flash* come se niente fosse e dirgli: "Hey Mick... ti rendi conto di cosa hai fatto? Non invecchiare mai Mick, perché poi non saprò come fare a dirti AUGURI, amico mio...".

Sognavano la vita

Quella sera scese la nebbia.

Era molto rara, la nebbia, da quelle parti, ma quella sera scese prepotentemente per offuscare i pensieri e gli occhi, le insegne e i colori lividi della parte nord della città che s'allungava e abbracciava il suo hinterland come una piovra tentacolare. Le stufe e le luci di quel gennaio da caponord erano tutte accese, il suburbio si riscaldava e attendeva la cena, i programmi di primaserata su canalecinque e raiuno per un'altra stupida e inutile serata di concorrenza televisiva.

Era stata una giornata uggiosa, aveva piovuto, a tratti verso il primo pomeriggio era comparso pure un pallidissimo sole, poi di nuovo cupo, poi pioggia e all'improvviso verso le 6 del pomeriggio la nebbia.

Nora e Margherita verso le 5 uscirono per andare in centro, forse al cinema, volevano vedere in una terzavisione *Betty Blue,* il film che aveva lanciato la francesina Beatrice Dalle. Nora s'era tagliata i capelli come la francesina, gonna con un po' di spacco, truccofortesagerato, labbra rossofuoco.

Margherita, jeans e chioma lunga, riccianera, pelle bella e olivastra.

Risate e sigarette, spegnine una e accendiamocene un'altra, ridere, ridere, autostop dalla strada americana, che altro non era che la circonvallazione esterna, poi un autobus semivuoto che scendeva verso l'inferno della città.

Sedici anni ciascuna, fatte di Baglioni e Masini, di fidanzati lasciati e altri già catturati, erano il volto arso arrabbiato giovane e tumefatto della periferia.

Nora era stata violentata da uno zio appena dodicenne, già donna.

Suo padre si vendicò portando via la moglie a suo fratello. Storie di lacrime e coltelli, sgarri e ammazzamenti, vendette trasversali e ferimenti.

Nora non sapeva, non capiva, cresceva e si disturbava al ritmo dei grandi, al loro giocare, vivere, comportarsi, darsi, negarsi.

Il suo primo ragazzo appena si appartò con lei in una fredda sera di novembre, mettendole una mano tra le cosce e vedendo che lei si ritirava, le disse: "Sei una troia, lo sanno tutti che sei stata pure co' tuo zio!".

Nora gli diede un calcio tra le palle e se ne scappò.

Piangeva e scappava, il sapore salato delle lacrime sulle labbra incominciava a farle capire che la sua sarebbe stata una vita in salita. Non aveva ancora 13 anni.

Margherita per due anni aveva fatto la commessa in un negozio del centro.

Dopo la chiusura tutte le sere il proprietario se la chiavava nel retrobottega.

E il sabato le dava 50mila lire in più. E un passaggio fino alla fermata del pullman. Quando rimase incinta la portò ad abortire in uno studio privato a Fuorigrotta. L'accompagnò sotto casa, le strinse tra le mani una scatola di antibiotici, 300mila lire di buonuscita e una promessa.

Salendo le scale di casa sua, Margherita, nel frastuono generale di porte, bambini, rumori, vociare, sapeva che aveva perso il posto e giovanegiovane, appena 14 anni, aveva già abortito e non poteva dirlo a nessuno. Si buttò sul letto e dormendo cercò di non pensare a quella vita incasinata, scamazzata, comunque arrabbiata che le si presentava davanti. Fu svegliata dal tintinnio della sveglia. Prese il primo antibiotico e pianse. Era ormai una donna.

Le due ragazze quel pomeriggio tardi decisero di non andare più al cinema.

Persero tempo a guardare vetrine, a specchiarsi, a provarsi dei cappellini su africanebancarelle di piazzadante, e cinture, fermagli nei capelli, poi se ne andarono a farsi fotografare dalla macchinetta installata all'ingresso della galleria rifatta e rinata, abbellita per la gioia del Vanvitelli.

Ma tutto questo Nora e Margherita non lo sapevano e non lo volevano sapere.

"Andiamo al bowling?" sparò Margherita.

"Magari rimorchiamo qualcuno," rispose maliziosa Nora.

E fu il bowling, affollato di ragazzi e ragazze, di coppiette ma soprattutto di maschi.

Nora si mise a guardare un ragazzo bruno e sbracato, jeansatostracciato e rapato.

Lui le offrì la sua palla e lei di rimando disse: "Voglio te".

Bevvero una cioccolata calda allo Strega, lì al bar, poi uscirono e incominciarono a baciarsi prepotentemente vicino ai cessi.

Il ragazzo andava giù pesante, e Nora fra sé benediceva la bell'idea che aveva avuto Margherita di andare al bowling.

Margherita nel frattempo s'era unita a un gruppo che ciarlava e faceva casino, giocava e diceva barzellette. Era quello che ci voleva, pensò Margherita, per rompere la noia e la monotonia, la nebbia di periferia di una serata balorda che però si metteva bene.

Nora e il ragazzo brunosbracato si chiusero in un puzzolente cesso a fare i porci.

Lui salì coi piedi sul cesso coi pantaloni abbassati. Lei in piedi gli lavorava il cazzo in maniera splendida. Lui era un poco disturbato dal tanfo ma in compenso aveva offerto a Nora un'erezione da dio.

Margherita intanto si guardava attorno in cerca di Nora. Conosceva la sua amica e sapeva che sicuramente era in buone mani. Il ragazzo brunosbracato, non contento di quello che gli aveva regalato Nora, volle di più. Espertissimo di posizioni da Kamasutra riuscì a sistemare Nora in modo da chiavarsela per la goduria loro e di un guardone che arrampicatosi dal cesso vicino faceva capolino con la bava alla bocca.

"Adesso voglio giocare un po' a bowling," disse Nora, "e dovrei pure recuperare una mia amica che era con me."

"È bella come te?" chiese lui.

"Un tipo," rispose lei.

Raggiunsero Margherita che s'era appartata in un angolo a fumare e a guardare le comitive che giocavano.

"Vieni con noi?" chiese Nora.

"M'ero preoccupata," rispose Margherita, "non t'avevo vista più."

Nora provvide a fare le presentazioni e in quel momento s'accorse che non sapeva nemmeno come si chiamasse il ragazzo brunosbracato. Lui le tolse l'imbarazzo.

Margherita disse che si tratteneva ancora un poco e poi sarebbe andata via.

"Allora ci vediamo domani," intervenne subito Nora.

Nora e Massimo, ragazzo brunosbracato, macchina di lui, rabberciata Golf d'annata, una corsa nella sera, da Fuorigrotta per il lungomare, una sosta a Santalucia per un pizzico di ero da sniffare, un caffè al volo e poi nella garçonnière agli Astroni, oltre

Agnano, per una nottata di fuoco, sesso e fuoco, ero e fuoco, prima tirata per Nora, ero e sesso.

Margherita a casa, film americano e poi a nanna.

Il giorno dopo cercò Nora, ma alle due del pomeriggio Nora ancora non c'era.

Tornò a casa dopo tre giorni completamente stravolta.

Si videro e Nora raccontò.

Di tutto, dei particolari, di quello che aveva imparato in quei tre giorni e tre notti di sesso. E non solo. Massimo, ragazzo brunosbracato, le aveva proposto di fare marchette in un giro importante, roba da professionisti, ricchi commercianti, politici, industriali.

"Ma che dici?" disse Margherita.

"M'ha chiesto pure di te... se tu ci stavi..."

"Ci fanno girare... un po' Roma, un po' Milano, poi Venezia, la Sicilia... potrebbe essere interessante... e poi m'ha proposto un sacco di soldi... io ci sto pensando..."

"E a casa tua?"

"Tu pensi ancora a casa... e allora pensaci veramente... pensa che cosa sono per davvero le nostre case, e i nostri genitori, quello che ci circonda, quello che ci aspetta... Non voglio più pensare... Voglio vedere, prendere, avere, toccare, ridere, divertirmi..."

Margherita senza parole, sguardoabbassato, testaconfusa, pensieri annebbiati, film americani da vedere, fratelli da sentir litigare, storie, casini, bugie, cattiverie, canzoni alla radio da ascoltare, scuola abbandonata, aborto che l'aveva un po' immalinconita e intanto la promessa del suo principale era rimasta una promessa...

"Quando partiamo?" chiese Margherita.

"Quando vuoi tu," rispose Nora.

Quella sera non c'era nebbia, ma qualcosa che le assomigliava.

Forse era malinconia nell'aria, niente, indifferenza.

A piazza Cavour presero il metrò per Fuorigrotta, appuntamento con Massimo di fronte a Edenlandia.

Massimo, ragazzo brunosbracato, si mostrò molto contento della loro decisione. Spiegò alle ragazze il suo piano di lavoro, e disse che lui faceva capo a un'organizzazione più vasta e comunque affidabile.

Nora e Margherita avrebbero dovuto fare quello che decideva lui, per non creargli problemi e tensioni con quelli che erano sopra di lui. Prima di partire per Milano avrebbero fatto qualche giorno di prova vicino Napoli per rompere il ghiaccio.

Stabilirono orari e compenso, Massimo offrì a Nora un'altra presa di ero da inalare, un bacio in bocca e via.

I primi due giorni li passarono sulla Domiziana, zona Ischitella, di fronte ai lidi rimessi a nuovo, zona affollata dalle perle della Nigeria e del Senegal.

Tutta la tirata del litorale domizio, dal lago Patria fino a Castelvolturno e oltre, era popolata da splendide ragazzegiovanissime, colore della pelle dalle varie gradazioni, mulatte e dee nere, con occhi sfavillanti.

Subito ci furono casini, liti, scazzottate e spinte con le perlenere che non gradivano le due ragazze tra i piedi. Quello era il loro regno, pertanto le due bianche dovevano sloggiare. Il giorno dopo si ripeté la stessa scena e intervennero due neriboss che controllavano quel tratto per spaccio e prostituzione.

I due malmenarono le due ragazze e, vista la loro resistenza, le scaraventarono in una vecchia Mercedes targata Caserta e s'avviarono verso l'interno, nelle campagne intorno a Villa Literno. Arrivati in un casolare, le legarono su due sedie messe di spalle e incominciarono a tormentarle per farle parlare, ma anche solo per provocarle, deriderle.

Le spogliarono completamente e uno dei due cominciò a lavorarsi i capezzoli di Nora, prima di gusto con la lingua, poi coi denti e infine con una sigaretta accesa.

L'altro nel frattempo s'era scolato una bottiglia di whisky e fumava e rideva, assistendo allo spettacolo. Le due ragazze erano terrorizzate e Nora quasi svenuta.

Uno dei due le buttò un secchio d'acqua fredda sul viso e dopo averla slegata dalla sedia incominciò a baciarsela mentre ancora Nora era lì che si doveva riprendere.

Era un vecchio e abbandonato casolare e Nora nel delirio vide una grossa falce malamente attaccata allo scorticato muro. Il nero s'era ingrifato da far paura e, mentre stava per sfilarsi i pantaloni, ridendo e gemendo non s'accorse che Nora con la falce arrugginita in mano gli stava per recidere la giugulare.

L'altro nero che s'era ubriacato si alzò di soprassalto giusto in tempo per beccarsi un calcio nello stomaco da Margherita e un colpo di forchettone tutto sul viso, all'altezza degli occhi.

Li lasciarono a marcire nel loro sangue, rantolando impazziti.

Di corsa attraversarono tutta la campagna, al buio, fino a quando da lontano comparvero le luci della Domiziana trafficata da macchine e perlenere. Tagliarono l'umidità della sera a lunghe falcate, rientrando sull'asfalto con gli occhi rossi schizzati, lucidi di rabbia e follia.

Sognavano Milano e le marchette di lusso, le boutique di Montenapoleone, gli specchi enormi in cui rimirarsi, i grandi magazzini da cui scendere e salire.

Volevano ridere, consumare, vivere, prendere di petto la vita, non farsi più stendere, piegare. "Ci possiamo sempre buttare nella moda," aveva detto Margherita. "Mica vuoi fare marchette a vita?"

Erano belle e ingenue, periferiche e sprovvedute, incazzate e condannate.

Della vita finora avevano conosciuto solo la violenza.

Volevano scappare da questa guerra, da questi coprifuochi continui, dalle granate di odio, sopravvivenza e periferia, da questa Sarajevo senza guerra, senza morti, popolata da zombi da sempre in guerra tra di loro, senza soldati, caschi blu, senza generali.

Sognavano la vita, Nora e Margherita.

E adesso la pubblicità...

Sabato televisivo. Schegge e lotterie. Canzoni d'annata, Outaspace di Billy Preston. Si ricomincia a sognare. Sono tornate le illusioni. È tornata la lotteria Italia, i miliardi, le sfide, le scommesse. Anche se il sogno più grande è quello di scassare la tele, entrarci, sospendersi nell'etere, prendere la splendida conduttrice e baciarsela davanti a tutti, toccare il suo corpo e accarezzare quella chioma da sballo.

Ma non si può fare e allora alcol. E fumo. E alcol e fumo. E denti gialli, nicotina nei polmoni e nel cervello, telecomando per compagnia e uno zapping popolare, erotico, arrapato, in cerca di numeri 144 ... ..., in cerca di messaggi eccitanti, d'inviti libidinosi e intanto la notte è piccola per noi, troppo piccolina...

Di là in cucina riposano nel sale le melanzane per l'indomani, parmigiana per sentirsi più italiani, la schedina è stata giocata, il colesterolo avanza, qualche pillola buttata giù per stare a posto con la coscienza, ci vorrebbe un po' di sauna o aria buona per il catarro e invece ci schiattiamo una scatola di Sobrepin in questo ottobre riuscito a metà, persi tra Paperissime, quiz affanculoaffanculo, famiglie che si fanno vivisezionare in diretta, si sputtanano, litigano, fanno il karaoke, si fanno attraversare da presentatori mummificati, che sembrano estratti da nicchie secolari, una passata di spirito e poi di nuovo nel loculo.

E il giorno dopo si ricomincia.

Anche questa è Italia. L'Italia drogata: da santoni, venditori, imbonitori, cialtroni, maghi che andrebbero internati, gente nemica di Zingarelli e di Garzanti, della sintassi, eppure stanno là e ci dicono cosa fare, come fare, quando fare, "alzate il braccio destro, alzate il sinistro, mettetevi un dito nell'orecchio, preghiamo per Sarajevo, però ora mangiamoci i maccheroni, tanto per la solidarietà c'è sempre tempo, come siamo buoni, doniamo gli organi, lottiamo contro la mafia, suvvia mandateci soldi sui nostri conticorrenti che vedete in sovrimpressione, fatevi prendere per il culo da noi, che per divertirci e sfottervi siamo pure pagati, noi che d'estate occupiamo Corsica e Sardegna, ma non quella giusta, quella che meriteremmo, quella delle miniere, quella tosta, incazzata nera, quella che ci farebbe un culocosì e amen".

È stato un sabato balordo quello di Mimì, un sabato di niente, poche cose, niente che possa cambiare la sua vita, le sue abitudini, il suo non saper più sognare. Non parla più con sua moglie, non hanno più niente da dirsi, solo gesti, "apparecchia la tavola, metti il vino, cambia canale, metti su canalecinque, vediamoci la pubblicità, fa il caffè, sta cominciando a rinfrescare, domani il Napoli con chi gioca, mi fa male lo stomaco, è logico, stai bevendo di nuovo, poi dice la cirrosi, guarda che canali hai sotto gli occhi...".

Voleva un'altra vita, Mimì, ma non c'ha saputo fare. E dire che sua moglie sognava. Le è rimasta la televisione. E attraverso essa amare un altro uomo, desiderare un altro uomo e farci l'amore, sognare viaggi e crociere, indossare pellicce favolose, sfilare su passerelle di sogno sotto la griffe di Armani o Ferrè.

E invece sono vene varicose. E cellulite. E calze di scarsa qualità e scarpe risuolate. Perché Mimì non c'ha saputo fare. Ma lei lo ama perché in fondo ha amato solo lui.

Anche se non c'ha saputo fare. Anche se invece dei sogni è arrivata una cirrosi e adesso la pubblicità...

Nel sabato di niente, Mimì di notte s'arrapa guardando giovani ninfe di film hardametà e rovina su sua moglie che già dorme, per un amplesso improbabile, triste, monotematico, meschino, sperando di far presto, di poter tornare a dormire.

E con il sonno sognare.

Mimì di domenica. Cambia la biancheria, scende per il giornale. Passa nella sezione. Saluta qualcuno. Due chiacchiere di periferia. Su questo e su quello, sul governo e le pensioni, sulla droga e i drogati che fanno affari sotto i loro occhi, sulla salute, sulla formazione del Napoli.

E intanto in casa l'acqua bolle.

Mimì si tuffa nei rigatoni che gli piacciono tanto, sul fritto di pesce, vinovino, pezzo di carne al ragù e parmigiana di melanzane.

E ha il transistor per compagnia. E sua moglie la pubblicità.

Disteso sul letto Mimì controlla la schedina e spera.

Di poter urlare da un momento all'altro: "Ho fatto 13!".

Spera di poter far sorridere sua moglie. E abbracciarla.

"Vestiti, usciamo. Brindiamo, balliamo per strada, urliamo, camminiamo sotto la pioggia, scopiamo sotto a un portone, scassiamo il vecchio, il triste, il marcio, via, corri, corri, non ti fermare, ecco, vedi, già si vede il mare..."

Sua moglie lo va a svegliare alle 6 del pomeriggio. S'è addormentato col transistor nelle orecchie e la schedina tra le mani.

I pantaloni slacciati sulla sua vita segnata.

"Il Napoli che ha fatto?"

"Zero a zero."

Anche oggi non è successo niente.

Strani amori

Le canzoni di Sanremo avevano accompagnato le giornate ventilate di quel febbraio corto e amaro.

Laura Pausini era diventata la reginetta del suburbio perso e abbandonato e con i suoi "strani amori" faceva sognare le quattordicenni, le sbarbatelle di primo pelo, le sorelle più grandi che facevano i servizi con la radio a tuttovolume e si facevano frastornare da quelle parole che subito imparavano a memoria.

Quella domenica mattina Patrizia faceva sventolare lenzuola e coperte: "Via, aria puzzolente della notte, vai fuori, vento freddo e tagliente attraversa queste coperte di un corredo balordo... aria di niente, aria pulita, aria che non costi, entra mentre a squarciagola io continuo a cantare 'Mi dispiace devo andare via, questa volta l'ho promesso a me, perché ho voglia di un amore vero senza te...'".

Era stato un inverno duro, pesante di freddo e pioggia, nervoso per le tensioni familiari, per i problemi che si accumulavano.

La crisi economica aveva fatto vacillare la già precaria situazione della famiglia Diodato, Napoliperiferica, nuove palazzine che si affacciano sull'unico punto verde dell'intero rione, un parco che il nuovo sindaco aveva inaugurato per la gioia dei bambini che ora potevano ritrovarsi in un attimo di verde, pure se per arrivarci dovevano scansare siringhe insanguinate, rifiuti, incuria e abbandono.

Nel niente che succedeva intorno, nell'indifferenza, nell'apatia, l'apertura del parco fu una grande novità.

Il ragù si cuoceva lentamente diffondendo l'odore della domenica. La mamma di Patrizia era andata a messa, il padre s'era ritirato nel circolo a giocare a carte in attesa dell'ora di pranzo.

Patrizia doveva rassettare tutto e litigava continuamente con i fratelli, Carletto e Andrea. Carlo era chiuso in bagno e non usciva, facendo dannare Patrizia che per i suoi mestieri doveva invece usare il bagno continuamente. Andrea s'era schiattato uno stereo a tuttovolume nella camera da pranzo e martellava con i Gipsy Kings, impedendo a Patrizia di poter suonare i suoi straniamori in continuazione.

All'altro fratello, Maurizio, operaio all'Alenia di Pomigliano, da quando aveva fissato la data delle nozze erano capitate una serie di piccole sventure, per cui era diventato triste e ipocondriaco e i suoi fratelli lo sfottevano continuamente: "Hai visto Maurizio... non ti devi sposare, ma chi te lo fa fare... appena hai fissato chiesa e ristorante non s'è capito più niente...".

"Sfottete pure, tanto prima o poi anche voi ci dovete passare e allora voglio ridere."

"Se aspettano me i preti stanno freschi," disse Carlo.

"Allora, 'sto stereo... che debbo fare una telefonata," gridò Maurizio.

Andrea capatosta si passava di gel i capelli, si rimirava nello specchio facendo apprezzamenti sul suo viso e sul suo portamento da teddy boy.

"Hai sentito? Lo stereo..."

Andrea abbassò il volume maledicendo la sorella che avendo chiuso la porta della cucina s'era portata la radio fuori sul balcone e mentre stendeva i panni cantava i suoi straniamori.

"Ma non ho capito... la mia musica dà fastidio e

questa che da stamattina sta spaccando le palle lei e mi dispiace devo andare via... ma quando te ne vai... vattene, non ce la facciamo più...”

Era l’atmosfera di casa Diodato in una qualunque domenica dell’anno.

Stessa scena, stesse emozioni, stesse situazioni.

“Io non ce la faccio più,” disse la madre entrando in casa al ritorno dalla messa. “Ho visto quella sciagurata di tua sorella di nuovo con quel tipo... ma dico io... BENEDETTO IL SIGNORE... questa è scema? Non lo capisce che c’ha tre figli, un marito e che non è più una signorinella?”

“Evidentemente sarà lui che le gironzola intorno,” osservò Patrizia.

“Lascia stare, lei gli dà corda, parlano gli occhi...”

“Evidentemente non è più innamorata di suo marito.”

“Bellifatti... C’hai tre chiodi, sei soggetta a lui e ti permetti pure...”

“Mamma... l’amore è l’amore,” ribadì Patrizia.

“Tu pure... se c’hai questa testa non ti sposare proprio.”

“Sposare io? Con questi chiari di luna? E chi ci pensa... così faccio la fine di Maurizio... appena ha deciso di sposarsi non s’è capito più niente...”

“Lasciatelo stare... che quello è l’unico con la testa a posto...”

“E chi te lo tocca.”

“Ma che fai adesso, sei pure invidiosa di tuo fratello?”

“Io invidiosa? È che in questa casa si fanno le preferenze.”

“Ma quali preferenze.”

“Sì, ma’... tu a Monica non la puoi soffrire perché ha avuto quella storia.”

“Storia? Perché non dici l’amante? Perché non dici che se lo faceva salire in casa? Perché non dici che ha dato i numeri?”

"S'è sposata troppo giovane... questo è stato... non ha avuto le sue esperienze... ingenua, fessacchiotta..."

"Lo doveva capire che non poteva fare i comodi suoi con un marito e tre figli..."

"Comodi suoi? Ma che modo di parlare, ma... scusa, lei che ne sapeva che si sarebbe innamorata?"

"Comunque io debbo campare ancora pochi anni... Dio santo... e fatemeli vivere senza palpitazioni... chiedo troppo?"

"Ma qui è difficile vivere per tutti... per te che sei madre ma anche per noi figli... non credere..."

"Comunque lei la deve finire... se no qua finisce male... e non può nemmeno approfittare della bontà del marito... lui fuori Napoli a lavorare e lei a fare quello che fa... no, non mi piace proprio 'sta storia... deve finire, assolutamente."

Il ragù che pappoliava sul fuoco dalla mattina s'era nel frattempo bruciato e quindi Patrizia oltre alla ramanzina sul comportamento della sorella dovette subire pure la cazziata perché aveva fatto bruciare il ragù. Intanto il bagno era sempre occupato e lo stereo aveva ripreso a suonare a tuttovolume.

"Io a tuo padre nelle orecchie ora non lo voglio proprio sentire... due sono le cose da fare... o c'inventiamo un compleanno, qualcosa, e ce ne andiamo a mangiare dalla signora di fronte o cuciniamo spaghetti aglio e olio perché ormai il ragù è andato."

"Penso che dalla signora di fronte non ci possiamo andare perché sta salendo Monica con i tre figli."

"Benissimo... pure il marito?"

"No, non lo vedo," disse Patrizia.

"Allora le cose si mettono male... ma tu guarda che domenica che è spuntata!?!?"

Maravenier dal piccolo schermo di domenicain diffondeva sorrisi a 32 denti e allegria, simpatia, benessere, calma e tranquillità.

Monica la guardava e le veniva da piangere.

"Guardate... guardate com'è felice quella donna... eccomi qua... invece... con tre figli, un matrimonio fallito, accampata a casa di mia madre e non c'ho ancora 32 anni... che vita di merda..."

La madre guardò il padre che incominciava a fare una faccia preoccupata.

"Allora si può sapere stavolta che è successo?"

"Niente... ha fatto storie col marito."

"Mi sono innamorata, sì, mi sono innamorata di un altro uomo, di un uomovero, giovane, bello, con le palle, che mi fa stare bene, godere, chiavare, donna."

"Porta i bambini di là," disse la madre a Patrizia.

"E tu non sapevi niente?" domandò il padre rivolto alla madre.

"E che debbo sapere... una mezzacosa..."

"Ah, una mezzacosa... scommetto che qui tutti sapevano una mezzacosa e solo il sottoscritto è all'oscuro di tutto, vero?"

I presenti fecero finta di non sentire la provocazione... chi si versava da bere, chi mangiava, chi guardava la tele.

"Così adesso tu ti devi sistemare qua... benissimo!!! Che consolazione per un padre, che sollievo, che gioia... e i tuoi figli?"

"Non ti preoccupare, me li tengo con me, nella branda vicino a me."

"Ah... ma pecché... ma pecché..." e disperandosi fece il gesto di morsicarsi il pugno chiuso della mano.

"Non ti preoccupare, è solo per qualche giorno," intervenne la madre.

"No, ma'... io con mio marito non ci torno... è meglio che lo sai, non ci torno mai più e non mi fate parlare..."

"E parla visto che ci sei," disse il padre.

"Parla, tanto peggio di così..." aggiunse disperata e affranta la madre.

"Io non ci voglio tornare perché ho saputo una cosa che m'ha sconvolta."

"Che cosa... ch'è successo? Che hai saputo?" chiese la madre.

"A mio marito piacciono i ragazzi... Sì, i giovanotti."

"Che è ricchione?" sentenziò il padre.

"Io non capisco più niente... evidentemente," disse Monica con le lacrime agli occhi.

"Ma che stai dicendo?" intervenne la madre. "Questa è una calunnia."

"Oj ma', quale calunnia... m'hanno spedito delle foto per posta, tiè, quale calunnia," e tirò fuori le foto. "Eccolo il padre dei miei figli..."

I giorni che passarono furono solo giorni da dimenticare.

Per tutti. La tensione si tagliava col coltello. Enorme era la delusione di Monica che pensava alla sua vita miseramente fallita, al suo matrimonio, ai figli, a suo marito col quale aveva vissuto senza però capirci niente.

La pioggia di marzo non aiutava certo gli animi, tutto era basso, tutti in casa, per ripararsi dal cattivo tempo.

E Nino, l'incriminato, il mostro, il marito depravato, li trovò tutti lì quando si presentò a casa Diodato per chiarire la sua posizione.

Lui non sapeva delle foto, non sapeva che ormai la moglie sapeva.

Per il forte imbarazzo Andrea e Carlo, vedendolo arrivare, se ne scesero al bar sotto casa. Gli altri ammutolirono. Compreso Maurizio. E il padre. La madre. Monica. I figli giocavano dalla signora di fronte.

Appena Nino si sedette, Monica fredda gelida cerea tirò fuori le foto e senza chiedere spiegazioni, senza aggiungere niente, gliele mostrò.

Lui guardò le foto con la freddezza di una lama che procura una ferita. Un attimo. Poi subito il calore del sangue che fuoriesce e t'inonda.

Divenne rosso paonazzo viola, lo sguardo atterrito.

Si alzò di scatto, guardò tutti, per ultima la moglie, abbassò lo sguardo e se ne andò.

Pioveva sul dolore, sulla delusione, sulla malinconia, su Nino, sui suoi strani amori, sulle palazzine che si affacciavano sul nuovo parco, pioveva sulla radio che diffondeva risultati di partite e canzoni di Sanremo.

Maurizio si doveva sposare il 26 aprile. Poco più di un mese lo separava dal fatidico sì, dal suo giorno importante, dalla sua Elisa.

Negli ultimi tempi Maurizio, saputo il fatto della sorella e di Nino, era diventato ancora più triste e silenzioso.

Aveva fittato casa nella periferianord della città, anonimo appartamento per sposi di periferia. Fu lui a cercare Nino, a preoccuparsi, a chiedergli che intenzioni avesse, quale sarebbe stata ora la sua vita, dove avrebbe dormito, abitato, con chi.

Nino fu molto sorpreso dall'atteggiamento di Maurizio. Si vedeva che Maurizio era veramente addolorato.

"Se vuoi puoi arrangiarti per questi giorni a casa mia, tanto i mobili sono arrivati."

"Ma tu devi sposarti, è casa nuova. Cosa dirai alla tua fidanzata?"

"Se per te va bene, per me sta bene così. La mia fidanzata capirà."

Nino cercò allora di spiegare a Maurizio che era incappato in una leggerezza, una debolezza, cercò di scusarsi ma questi lo obbligò a tacere.

"Non voglio sapere niente, non ti ho chiesto niente. Non ti devi assolutamente giustificare, se no mi deludi. Se l'hai fatto vuol dire che avevi desiderio di farlo e basta."

Nino ebbe una forte crisi di pianto, si disperò maledicendo se stesso, la sua natura, addolorato per la moglie, per i figli, per il loro avvenire.

"Non serve," tagliò corto Maurizio. "Ora non essere melodrammatico... è andata così perché doveva andare così. Ora pensa a te che sei a pezzi."

Nino accettò di andare a dormire nella casa nuova.

"Resta pure tu... ti prego... metti che sono solo e arriva Elisa... che le dico, che faccio... io da solo nella casa degli sposi... resta, dai..."

Elisa insieme ai suoi genitori era andata a ritirare le bomboniere e gli accessori per il suo abito da sposa.

Passando sotto la casa nuova, fu felice di mostrare ai suoi i mobili.

Quei mobili per cui c'erano state tante discussioni.

Per il gusto, per i soldi, per lo stile. Chi voleva il ciliegio, chi il noce, chi il laccato bianco, chi il nero. Alla fine scelse lei, com'era giusto che fosse, mentre i suoi avevano tirato fuori i soldi.

E aprendo la porta della camera da letto rimase pietrificata.

Nino e Maurizio erano lì, nudi, abbracciati, con la spossatezza di chi dopo aver fatto l'amore dorme stanco, ma felice. Lì in quella camera da letto che lei sposa avrebbe dovuto inaugurare.

Svenne su se stessa mentre suo padre ripeteva: "Gesù Gesù, io non capisco più niente... Amalia," rivolto alla moglie, "ma quello è il fidanzato di Elisa... Gesù Gesù... ma che è ricchione? Io non capisco più niente...".

E si fece il segno della croce come davanti a qualcosa di sacro, di misterioso, di scandaloso, davanti a una tragedia, a un morto ammazzato, a una disgrazia, a un delitto, a un suicidio, a una sciagura...

Clandestini

Vanno.

Vengono.

Vanno e vengono i pensieri.

Bruciati, ossessionati, tormentati.

Acidi pensieri.

Qui dove i sogni diventano aceto.

Dove il fango mortifica gli occhi e ce li fa tenere abbassati, un po' per non vedere, forse per non essere visti.

Noi, clandestini di una vita bugiarda, neri di un suburbio ormai perso, truffaldini e imbroglioni, pronti a vendere un pacco a chi non capisce il perché, a chi non sa poi cos'è, noi che siamo noi stessi già pacco, ingombrante e pesante, che nessuno s'accolla, senza treno su cui poggiarci, rimaniamo a giacere come in fondo a un bicchiere, come in fondo a una bottiglia dove il vino rimasto diventa poi aceto, come i sogni offuscati di chi non dorme la notte.

Noi.

Che vaghiamo in qualcosa che altri credono Vita.

Consumiamo le strade come matti ingabbiati, fumando e spegnendo, spegnendo e fumando, occupati in discorsi senza capo né coda, fatti di governanti ladri, di squadre, formazioni, scherzi a parte e barsport.

Non sappiamo Seychelles, Kenya o Madagascar e in un sabato sera di poco, quasi niente, comperiamo salsicce per una domenica migliore, agognando e sperando,

friarielli vicino, tanti litri di vino, tramortiti e sommersi da una televisione assassina che ci toglie i pensieri e dà il tempo alla vita come un metronomo impazzito.

Noi.

Obbligati a giacere come in un soggiorno obbligato,

prigionieri in cortile per quell'ora di aria che a nessuno è negata,

telecomandati a distanza da chi non ci chiede, non ci domanda, da chi ci affama e mai s'informa.

Poi ogni tanto si apre la gabbia e ci danno un pezzo di carne su cui ci tuffiamo,

affamati e arrabbiati come iene striate di uno zoo comunale.

Poi la sera ci stanca, ci si chiudono gli occhi.

Con le gambe pesanti da un vagare incessante, cerchiamo un giaciglio che altri credono letto, affollati occupiamo le stanze che altri credono case,

e abbassando lo sguardo, abbassando la voce, abbassando la vita,

ci consegniamo a un'altra notte che,

per chi dorme forse vuol dire sognare,

ma per chi sta sveglio, continuare a fumare...

Miracoli, trip e zingari infelici

C'era Springsteen nelle mie orecchie, my hometown, Philadelphia lontana, avevo lasciato pure Tomwaits nel suo downtown train, l'avevo svenduto per un bicchiere di vinofragola in una sera di paese, con le insegne al neonverde, fra ruoti giganteschi dove la minestra di natale s'era lentamente cotta e dove il capretto aveva conosciuto la forza del forno. Patate, four roses, brachetto, Quartopaese, fumo, sera di Santostefano, fattistracotti da un mangiare pesante vaghiamo io e Salvatore parlando di Guccini e degli atri a piastrelle di stazioni secondarie...

Fra un'insalata di rinforzo e un'orata all'acquapazza mi piazzano sul piatto cd *Hey Joe* in versione chicana, stravolta dal fratello De Ville, mitico Willy, dal dente d'oro davanti, e io parto, anzi ballo, come in un antico veglione e insieme a me ballano i bambini e una signoraincinta, balla chi non ha mai ballato e lasciano pure l'orata e il vinorossochepicchia. Siamo a Quarto, in una vallata di lacrime e umidità, Hendrix è morto da tempo e mai avrebbe immaginato di farci ballare con un suo pezzo, tanti anni dopo, fatti di vino e allegria mentre la zia Titina avanza imperterrita col ruoto annunciando un caprettoavanzato che chiede giustizia, vuole bocche e non essere più lasciato da parte. Zia Titina non conosce Hendrix, non sa di *Hey Joe,* tanto meno di De Ville e della sua musica mariachi, musica di frontiera, di una New Orleans cattiva e carogna, di una Storeville che fa paura. Lei, mai mossa da Quarto, campata per i ruoti e i capretti, per il cenone della vigilia e quello di capodanno.

Mi vede ballare e non capisce. Ma ride. E Willy ci unisce, cancella le incomprensioni, abbatte le distanze e le differenze. E allora pure zia Titina, dopo aver posato il ruoto, balla il mariachi. Lei, tirata su con Tony Astarita e Sergio Bruni di *Vieneme 'nzuonno*. Balla zia Titina e fuma e affoga lo sguardo del marito che, tenendo duro, è convinto che siamo tuttifuori.

Parto. Anzi ballo. Schizzo. Rido. M'affaccio al balcone che dà sul verde tutt'intorno. Che ci fa James Senese con Van Morrison, qui a Quarto, sotto il balcone della zia, mentre *Hey Joe* sul piatto continua a suonare?

Di cosa staranno parlando un irlandese e un napoletano di Miano, di Avalon Sunset o di Campagnacampagna, comm'è bella 'a campagna?

Nel fondo di un bicchiere di vinopaesanorossobomba vedo e sento Claudiololli, primomaggio di festa oggi nel Vietnam e forse in tutto il mondo, primomaggio di morte oggi a casa mia o forse mi confondo... Ciao Claudio, che bello, ma chi te l'ha detto, dai, dimmelo, chi te l'ha detto che stavamo qua, un pranzo di paese, per ammazzare la noia delle feste, vieni vieni, ti presento zia Titina, sì quella dei ruoti e dei coltelli grandi, poi c'è zia Livia che prepara un tortanocasatiello speciale ma devi aspettare per mangiartelo perché è roba di Pasqua, magari poi te lo spedirò postacelere a Bologna. Ho visto degli zingari felici in un ruoto al forno, nel fondo di un brachetto e non posso nemmeno dirlo a nessuno perché di piazzamaggiore piazzabellapiazza qua non gliene importa niente a nessuno.

Sto crollando. Mi affaccio giusto in tempo per vedere Billy Joel che parcheggia la sua Cadillac.

"Hey, Billy, mettila dentro, nel cancello, dai, non

si può mai sapere, qua nessuno tocca niente, vuoi vedere che rubano proprio la tua macchina?"

"È un altro tuo amico?" chiede curiosa zia Titina.

Cazzo, un amico... È Billy Joel... come faccio a spiegarle chi è, bastasse solo *Just the way you are,* ma lei manco quella conosce, però cristo fa un ragù che ti fa leccaretutto... Quando entra Billy la signora Luisa sta raccontando di come si prepara la parmigiana di melanzane, il segreto sta nel friggerle tutte alla stessa maniera e poi dopo ci vuole "la basilica". Mitica signora Luisa, spero non quella di Sanpietro, forse ci vuole il basilico, ma va bene lo stesso, perché Billy non capisce e ride e subito gli piazzano un roccocò in mano. E lui ride e non sa ancora che il roccocò è duro e che gli può saltare pure qualche dente.

Intanto il vento dell'Est porta Ricky Gianco che forse qualche roccocò nella sua vita l'avrà pure assaggiato e insieme a lui vengono annunciati i Nomadi orfani di un Augustostraordinario e corriamo e schizziamo a base di pesce e cucurucucù paloma e Harry Belafonte e *Dio è morto, Noi non ci saremo* e *Io vagabondo.*

Eccola là... anche zia Titina se la ricorda, magari vagamente, e si unisce al coro: "Ma un bimbo che ne sa, sempre azzurra non può essere l'età...".

"Mia suocera pesava un quintale e trenta," spiega la signora Luisa, mentre entrano i Los Lobos e Nino D'Angelo.

"In cucina non lasciava entrare nessuno, era molto rigida, gelosa delle sue ricette, ma io segretamente me le rubavo... e poi la pizza di scarola bisogna saperla fare, qua tutti credono di saperla fare, sì, sì, è una parola..."

E Anselma dei Los Lobos si sposa con la signora Bovary e io ritrovo Guccini nel quale m'ero perso, con stanze di vita quotidiana.

È un po' scontroso Van Morrison ma gli piace

molto la pastiera e chiede se gliene possono preparare una che magari se la porta...

Zia Titina non potrà mai capire il monumento che c'ha di fronte, non potrà mai sapere di *Have I told you lately that I love you,* potrà parlare di pastiere e roccocò ma ha conquistato l'irlandese scorbutico e geniale e s'abbracciano e ridono in cucina, nell'umidofrastuono che c'è tutt'intorno, fra l'odore penetrante di fritti e baccalà, capitone in umido da spiegare a chi invece pensa sia un serpente e che da queste parti dobbiamo pure essere un po' schifosi che ci mangiamo 'sta roba, animali e roccocò. Ma il capitone piace pure ai Los Lobos e allora la signora Luisa da lontano ride che nessuno la può fermare e affogandosi ripete: "Te piace 'o capitone, eh?".

Chi l'avrebbe mai detto... ho tanto amato e pianto, vibrato ed emozionato ascoltando Billy Joel che ora me lo perdo in un fritto di capitoni, tutta colpa di zia Titina che cucina da DIO.

Intanto il lupomannaro De Ville dal piatto ci regala una *Stand by me* da togliere il respiro, roba che anche il grande Ike dovrebbe al cospetto scomparire.

È grande lui ma pure 'sto capitone è uno schianto per non parlare di questo baccalà spugnato al punto giusto e al punto giusto salato.

Riprendiamo a ballare, mischiando tuttoquello che c'è da mischiare, Los Lobos e baccalà, struffoli, cassatine e Willy De Ville, Anselma, Guccini, Belafonte e 'a musica mia che d'è, è vinofraulella e pasta e fasule, idioma antico e lontano di una Frattamaggiore dolore e tormento...

"Non so se ci sarà il miracolo," dico al mio amico Salvatore che m'ha iniziato al cognac Camus e a Van Morrison, "non so, ma se ci sarà, sarà un miracolo irripetibile, e non potremo nemmeno raccontarlo... rolla una canna, Totore, sta passando il treno, un altro anno, sta passando l'angoscia, la depressione dei mesi scorsi, sto ridendo un'altravolta, sto ballando, cazzo Totore, Camus, grandmarnier, franciacorta, cordonrouge e veuveclicquot, che cazzodipanza hai fatto, Totore, è bello De Ville, è grande, ora che me lo hai dato lo amo quasi come il Boss, unplugged e con la E STREET BAND.

"La porta... hanno bussato... aprite la porta... cazzo piangi e ridi, Totore con un pezzo di baccalà tra le mani, cazzo ridi e poi piangi?"

"È venuto uno col dente d'oro davanti... che tipo," fa sconvolta zia Titina. "...'Nu manicomio!"

"È 'o mariachi," dice Totore convinto, posando bicchiere, baccalà e togliendosi le scarpe per l'euforia.

Maledetto chicano, maledetto miracolo di paese, maledetto figlio di puttana, fatti guardare come cazzo sei bello...

"Faccio il caffè o apriamo una bottiglia?" chiede ignara zia Titina con le sue guance rubizze e il suo sguardo contento e spaesato mentre Willy attacca *Hey Joe* e Totore stravaccato sul divano con gli occhidifuoco luminosi di lacrime continua a ripetere: "Miracolo... Miracolo... Miracolo!".

Padrone mio

Io non ti amo, padrone mio
ora che ho scoperto che pure i sogni mi vuoi portare via.
Forse non t'ho mai amato, ma l'ho taciuto, ho trattenuto.
Ora lo grido con tutto me stesso, ne sono fiero, finalmente respiro.
Lasciami le mie umide periferie, i miei viali scassati e bucati,
i respiri ansimanti, il verde mancante, l'ozono dell'anima, i miei bambini emaciati,
le rapine, gli scippi, le eroine tagliate, gli occhi rossi e bruciati.
Lasciami i cieli grigi, le serate livide attraversate dai neon e dalla luce dei quattordicipollici,
le meste cene con le teste abbassate di chi non ha più
niente da dirsi, da darsi, solo silenzi, per non ferirsi di più.

Io non ti amo, padrone mio
non posso amare la tua arroganza, la tua superbia, il tuo danaro.
Non sono in vendita i miei dolori, costano troppo anche per te e poi non capiresti.
E allora rido, bacio la mia donna, porto mio figlio fuori, affronto la vita

e da essa mi faccio sfidare, anche se è poco è comunque vita, se sa di niente,
di piccole cose, piccoli amori, sorrisi strappati e cuori agitati.
Mi perdo nel niente che mi circonda e aspetto sera.
Verranno i miei amici e ci ubriacheremo, fumando rideremo.
Strafottenti osserveremo le rughe, come chirurghi le annienteremo, lasceremo cenere
e rumore intorno a noi, intorno a ciò che abbiamo, che è poco, quasi niente,
ma fa vibrare.

Che ne sai tu di me, padrone mio
non potrò mai cantare per te un'avemaria.
Non ti darò più il mio tormento per lasciartelo vendere a buon mercato,
e ora che l'ho capito, voglio di più.

Voglio il Duomo e il Gratosoglio, fare notte sui navigli,
voglio attraversare Brera come un uomo di frontiera.
Alza la tua testa, non ti vergognare se ho il cappotto malandato,
alla tua tavola non m'hai mai invitato perché sporco, son goffo, scambio le posate,
rovescio le cose, forse arrossisco, non so conversare.
Voglio la sera di Quarto Oggiaro, voglio l'attesa di chi spera...
E intanto tu con l'anima griffata svendi per quattrosoldi la mia anima dannata.

Io non ti amo, padrone mio
e il mio non amarti è già una cosa,
di poco, forse di niente, ma una cosa

che vale molto di più di ciò che tu pretendi, di ciò
che tu mi chiedi, di ciò che tu presumi.
Ti lascio il tuo danaro e in esso lasciarti affogare.
Mi tengo le mie parole, la mia libertà.
Io non ti amo, padrone mio. E così sia.

Secondigliano blues

T'ho vista scoppiare tante volte, di notte e di giorno.
Di traffico e d'amore.
Di facce e di colori.
Di traffici e coperture ruffiane.
T'ho vista e t'ho cantata, come un Ericlapton scassato, con un'armonica scordata,
per farti riposare e farti chiudere un poco gli occhi, per non pensarci.
Mi hai regalato l'America a buonprezzo, sei stata la mia California sotto casa,
il mio Texas, il mio campus multietnico, la mia gioia e il mio dolore.
Sei stata Layla e Satisfaction, giorni di guerra e anni di piombo,
la mia presa d'anice mattutina e il mio pernod parigino.
M'hai fatto di taralli e birra scolata a fiumi giù dalla Birreria Peroni,
m'hai fatto di marmitte non catalitiche, di bombole del gas poggiate strafottentemente
su portabagagli arrugginiti, su antiche facce e sconsolate centoventisette.
M'hai fatto di scippi, di velocità, di manoleste, di occhifurtivi e figli di puttana.
Sei stata Il Cairo e Los Angeles, indifferentemente.
M'hai dato schedine da giocare anche di notte. Quando tutti gli altri già stavano dormendo.

M'hai dato notti da giocare quando tutti gli altri si stavano ormai svegliando.
Alcova e Bisca, Grandhotel e fetida Locanda, Suite imperiale e Basso puzzolente.
Splendida donna e poi magnifico travestito, Chanel e poi Chanel pezzottata.
Poi m'hanno detto di fiamme e fuoco.
Di morti, dispersi, panico e disperazione.
Come in un antico terremoto.
Quel pomeriggio non c'ero, no, non t'ho tradita, cosa dici, ero perso in altri giri,
altri impicci, stupide sopravvivenze. Non t'ho vista. T'ho immaginata.
Come un amore transennato.
Ingabbiato. Perso. Piantonato. Bloccato. Un amore disperato.
Il resto me l'ha detto la televisione. E lì t'ho vista piangere.
Ho cambiato canale. Ma eri anche lì.
Allora sono sceso ma non m'hanno fatto passare.
Ho acceso la trentesima sigaretta e col mio fumo sono entrato nel tuo,
tra le tue fiamme e t'ho accarezzata.
Passerà anche questo, amore mio...

Indice

Stampa Grafica Sipiel
Milano, settembre 2007

68 0005548048
INCEND[illegible] LA
VITA
1 EDIZIONE
LANZETTA PEPP
FELTRINELLI